小学館文庫

金子哲雄の妻の生き方

夫を看取った500日

金子稚子

小学館

はじめに

本書は、多くの方からの声に応えたいと、私としては一大決心でまとめたものです。

その声とは、妻としての私から見た「金子哲雄」を知りたいという要望でした。

それほどまでに、夫の金子哲雄がたどった「死に方」が多くの方の心に届いたのだと、心からありがたいと思いました。

流通ジャーナリスト・金子哲雄は、ご存じの通り、実益の人です。自分の物語が、ただ世の中に広まることだけを、望むわけがありません。

金子から私が託された「宿題」、引き継ぎされたことは、ただ金子の生き方や死に方を伝えることではありませんでした。

そこで本書は、前半に金子の生きて死んでいった日々を、そして後半に追記として、金子の闘病と死に併走して私が学び得たことをまとめることにしました。

夫の生き方だけでなく、追記の内容も、多くの方の参考にしていただけるのではないかと思います。

そして本書を通して、金子を思い出していただけたら、こんなにうれしいことはありません。

２０１４年１月

『金子哲雄の妻の生き方』
目　次

第2章
試され続けた最後の40日間
――逝ってしまう人に何ができるか

第3章 死後のミッションを遂行する
――新しい自分に出会うために

追記

金子哲雄を看取って知ったこと、伝えたいこと

第1章

出会いは最悪だった

――〝夫婦〟になるまでの道のり

夫の闘病生活中のことです。

できるだけ私たちは、外に出るようにしていました。「現場主義」を標榜《ひょうぼう》していた金子です。スーパーや家電の棚、街の様子を見ないことには、落ち着かないのです。ちょっと外に行くのも、2012年7月以降は、叶わなくなってしまうのですが……。

ふたりで道を歩く時、私の頭の中には常に金子の身体のことがありました。ふらついて車道に倒れてしまわないか。だから金子を守るような格好で、私が車道側を歩くようにします。それなのにしばらくすると、どう見たってフラフラの金子が、車道側に立つんです。しかも気遣うひと言まで添えて。

「ごめん、考え事していて気づかなかった」

最後まで彼は、私を守ろうとしてくれていたんです。

「ありがとう」

私は金子の気持ちを受け止めることしかできませんでした。

「僕が稚《わか》ちゃんを守るから！」

病床にあっても、金子が言い続けていた言葉です。そして、それは本当のことだったと、今では実感できます。

きっと、出会ってからずっと、そして今も、私は哲ちゃん――今は亡き金子哲雄に守られているのだと思います。

違和感だらけの最初の出会い

金子との出会いは――変な言い方ですが、最悪でした。お互いにとって、こんなに大切な人になるとは、その時は微塵《みじん》も思っていません。

２００１年のことでした。当時私は、サッカー専門のエディター（編集者）兼ライターとして、忙しい日々を送っていました。翌年に控えたサッカーワールドカップの仕事で、てんてこ舞いでした。ただでさえワールドカップはビッグイベントですが、２００２年は日韓共催。さらにヒートアップします。

そんなある日、私の下で仕事をしていた後輩から、

「就職関係の単行本を作りたがっている人がいるから、ちょっとアドバイスをしてあげてくれないかって、大学のA先輩から頼まれているんです。ちょっと

協力してもらえませんか？」

と言われました。後輩の頼みを断り切れなくて、時間を作って会うことになりました。

お店は、そのA先輩の自宅近くの焼鳥店だったと思います。そこにいたのが金子でした。「就職関係の単行本を作りたがっている人」が金子だったのです。金子にとって、A先輩は同じ大学出身で何かとお世話になっている、頭の上がらない先輩でした。

違和感——ひと言で表わすなら、それが金子の第一印象です。

何せオーバーアクションで慇懃《いんぎん》無礼。身振りも言葉も過剰。変わった人です。

まず、先輩に対する態度が尋常ではありません。まさにあがめ奉《たてまつ》るという感じ。

私も中学はバスケットボール部、高校は弓道部と、根っからの体育会系です。短大時代はサイクリング部に入って、北海道を一周したりしていました。静岡のサッカーどころで生まれ育ちましたので、ふたりの弟はサッカー三昧《ざんまい》でした。

だから体育会式の上下関係というものはわかっているつもりです。ところが、文化系にしか見えない金子が、体育会系の人以上に、先輩をあがめ奉るのです。例えば、A先輩に感謝の気持ちを伝えるとしましょう。金子は、普通の人が10のレベルでお礼を言うところで、100を超えるパワーでお礼を言うのです。本来の目的は、10で済んでいるわけですから、残りの90にはどんな意図が隠されているのだろう？　理屈っぽい私は、そんなふうに考えてしまうのですが、まったくわからない。違和感だけがどんどん増していきました。

金子が先輩を褒めそやすその場の異様な空気に、私はいたたまれなくなって、急ごしらえの言い訳を口にして席を立ちました。後にも先にも、仕事絡みの場で、席を立ったのはこの一度だけです。

嘘をついて退席した、という負い目もありました。出会いの翌日、私は金子に、礼状をしたためました。食事のお礼と、本を出すなら相談に乗りますというビジネスライクな簡単な手紙です。

金子から返信が来ました。

「息抜く力、生き抜く力」

こう書かれたハガキを見て、あれっと思いました。私が仕事がいっぱいいっぱいで、常に気を張りつめた状態なのがわかっているのかな、とちょっと驚きました。

違和感は消えなかったけれど、もしかしてこの人、私の印象とは違う何かを持っているのかもしれないな、と思ったのです。

4時間近い長電話

それからしばらく、メールのやり取りが続きました。たわいもない内容です。向こうから来たから、失礼にならない程度に返信する。

そのあと何日かして突然、金子から電話があったんです。

日差しが強い日中に電話を取った記憶がありますから、たぶん、昼前だったと思います。本当に突然でした。

その前日に金子が取材で訪れた水耕栽培のキノコの話で、24時間態勢で生産している工場なんだ、という話を熱っぽく語ってきました。「へー」と思う内容で、結構、素直に頷《うなず》いてしまいました。仕事柄、質問なんかも挟んだりして。きっと金子もうれしかったんでしょう。自分の好きな話をしたら、それを聞いてくれる人がいる。気がつくと話が盛り上がって、そのうちに私への質問攻めが始まりました。

ちょっと意外でした。最初の居酒屋で、私なんか眼中にないといった態度で先輩を崇拝していましたから、そもそも女性としての前に、人としても興味を持たれていないな、と思っていたからです。私に話しかけてくる時も、自分のパフォーマンスとアピールに必死で、目の前にいるのが私じゃなくてもいいんだろうと冷めた目で見ていた記憶があります。

ところが、私に質問をしてくる。それも、私という人間をある程度把握したうえでの質問でした。

あっ、この人、意外と私のこと、きちんと見てくれていたんだな。

金子を急に見直しました。

金子の質問の仕方はちょっと変わっていて、「〇〇のことは好き？　嫌い？」と好き嫌いを聞いてくるのです。例えば、ある自己啓発系の本を出版している作家のことなど……。

「あ、その人嫌い」

「その作家の本、自宅の本棚に並べている人、どう思う？」

「嫌い！」

私は金子が繰り出す質問に、ことごとく「嫌い！」と答えていたのですが、どうやら、自分の嫌いなものを列挙していたようなのです。金子いわく、好きなものは人それぞれだからどうとでもなるけれど、嫌いなものが一緒でないと、長く一緒にいるのは難しいとのこと。

こちらの「嫌い！」の切って捨てるひと言に、金子はいちいち興奮して、「僕もそうなんだよ！」と大盛り上がり。それこそ、趣味の話から歴史の話、本や政治の話まで、思いつく限り話しました。

今思い返しても不思議なのは、ふたりとも、自分の経歴はそれほど話題に出していなかったことです。

私は静岡県の港町生まれで、港を中心に活気がある街で育ちました。貿易港だったので外国人も街を歩いていました。金子も横浜育ちですから、その辺は共通しているのかもしれませんが、規模が違いすぎます。向こうは大都会。こちらは地方の小都市。父が経営していた牛乳の卸売業が傾いたこともあって、地元の短大に進んだ私と、慶応義塾大学卒の金子。経歴を比べたら、共通点はほとんどありません。

ところが、それなのに、感覚が合う。経歴を話題に出さなかったのは、そんなことで共通点を探る必要がないほど、何かが一致していたからかもしれません。怒りのポイントが似ているな、と思いました。物事の捉え方や行動のスタンスは違っても、「これはおかしい」と憤るポイントが同じだったのです。

話は途切れずに、気がつくと3時間以上経っていました。4時間近かったでしょうか。まだコミュニケーションもきちんと取れていない段階でしたので、敬語とため口が混在する、奇妙な会話でしたが、これで距離がぐっと縮まりました。金子と私の関係のターニングポイントでした。

携帯ではなく、どちらも有線で電話していましたが、電話を切った後、子機を持つ手が痛くなったことを覚えています。

「一緒になるんだから」

それをデートと言っていいのかわかりませんが、長電話の最後に、私は食事に誘われました。たしか、翌週末だったと思います。

「築地に安くておいしい店があるから」

と言われ、私のマンションの前まで、金子は車で迎えに来てくれました。築地のお店は市場関係者向けの定食屋ですから、やっているのは朝。そこで、おすすめのあじ定食をご馳走になりました。

この後、一緒に三浦半島に行かないか、と言うのです。普通は「なんだろう?」と期待しますよね? ところがよくよく聞いてみると、以前取材で撮り残した写真を再撮影する必要がある、と言う。要するに仕事で三浦半島に行くからつきあってくれ、というわけです。ドライブデートというより、仕事のついでというわけです。

正直、ちょっとムッと来ました。でも、（半ば強引な誘いだったにせよ）乗りかかった船。最後までつきあうことにしました。行き先は、葉山のシラス漁師さんのところです。

ところが金子は、ちゃんと車に七輪と炭を乗せてきていたんです。肉や野菜を途中で買い込んで、仕事の終わりにバーベキュー。このあたりの演出や気の遣い方は、「すごいな」と素直に驚きました。

金子の運転する車で、江東区のマンションまで送ってもらいました。金子は当時、横浜の実家に住んでいましたから、私のためにわざわざ、横浜を通り越して東京まで送ってくれたのでした。

私のマンションの前に車を着ける寸前、運転していたハンドルから左手だけ離すと、私の右手を急に握ってきました。

「一緒になるんだから」

「うん、そうだね」

金子は3か月後にプロポーズらしきことをいったと言いますが、私にとってはこれがプロポーズでした。

たった一度の長電話と、たった一度のデート。これだけで何がわかるんだと言う人もいるのでしょうが、わかってしまったんです。恋愛が盛り上がったのか、と聞かれたら決して頷けませんが、ふたりともわかってしまったのです。

私はそれまで男性と「この人とは結婚することはないだろう」と薄々思いながらつきあっていました。結婚と恋愛は別、と考えていたのかもしれません。30歳を過ぎて、焦っていたかというとそういうこともなく、むしろ仕事が楽しい、というより猛烈に忙しい時期でした。

そんな時に目の前に出現した〝モンスター〟。

だって金子はまったく次元が違う人なのですから。だから普通の恋愛パターンも当てはまりません。というか、そもそも恋愛をしていたかどうかも、私にはわかりませんでした。

でも話を深めれば深めるほど、確信も深まっていったのです。

「ああ、この人と結婚するんだ」

とはいえ、私がワールドカップ目前で忙しかったので、デートらしいデートはこれだけ。出版社で深夜まで仕事に追われる私を気遣って、金子は実家の横浜から車を駆って、迎えに来てくれることもありました。出版社から私のマンションまでのドライブデート。バブルの頃なら、アッシーくんと呼ばれてしまうのかもしれません。でもふたりでゆっくり話をするには、こうやって時間を作るしかなかったのです。

普通の恋愛の手順とも、結婚のプロセスとも、まったく異なっていたけれど、なぜか不安はありませんでした。ただ、お互いの情報がゼロのところで一緒になりましたから、その部分では、ちょっと苦労をしましたけど。

金子は30、私は34歳になろうとしていた頃でした。

9・11

周囲は心配しました。

婚約指輪をもらったわけでもないし、はっきりとプロポーズされたわけでもない。これからふたりでどうする、というヴィジョンもない。

まだ世に出ていない自称・流通ジャーナリスト。オーバーアクション、オーパーパフォーマンスの人ですから、周囲からも理解されにくい。そのくせ、確固たる自信を持っている。

そして私の中でも、「この人と結婚する！」という確固たる思いがあったのです。当時のふたりにあったのは、この「確固たる意思」だけでした。何だか、駆け落ちしようとしている10代の若者みたいですね。

でも私たちは30代でした。だから駆け落ちする代わりに、自分たちの周囲の大切な人たちに、それぞれのことを紹介して回りました。

最初に、私の友人に会ってもらいました。仕事でお世話になっている編集者です。

やっぱり金子は、どんな人から見てもすっとんきょうなのですが、友人は編集者でいろいろな人を見ていただけに、鷹揚《おうよう》だったのか、

「とはいえまあ、あなたが選んだ人だからね」

という反応でした。

「素晴らしい！　おめでとう!!」と抱きつかれることを期待していたわけではありませんが、クエスチョンがいくつもついている「おめでとう」の言葉で、

「おめでたい……けれど大丈夫？　本当に？」という感じ。

紹介したその日に、彼女からメールが来ました。

「これはほめ言葉として受け取ってほしいんだけど、あなたと金子さん、よく似てるよね。地下鉄に降りて行くふたりの後ろ姿を見ていて、本当に兄妹のようによく似ている人だと思った」

えっ、金子に似てるの？　私が？

ちょっと戸惑いましたが、今になって思うと、彼女の指摘は当たっていたのでしょう。

金子は当時、よく都内のホテルを泊まり歩いていました。金子らしいというか、コストパフォーマンスのいいホテルを探してくるんです。

この日の夜は、永田町にある「全国町村会館」という公務員御用達のビジネスホテルに部屋を取っていました。私も一緒について行き、ベッドに座ってふたりでテレビを見ていると、急にあの場面が流れ出したんです。

ワールドトレードセンターにジェット機が突っ込んだ、あの映像です。

この日は、２００１年９月11日でした。

この日金子を紹介した友人からは、「絶対に忘れられない日だ」と言われますが、私にとっても忘れられません。画面の中では、かつて経験したことのない悪意が渦巻いていました。

普通、紹介というのは、紹介する相手にその人のことをわかってもらうことですが、ゼロスタートの私にとっては、私自身が金子を知る機会でもありました。

私の知人に、金子を紹介した時のことです。

国立競技場の近くの公園でした。

「Bさん、こんにちは。これは私の夫です。これ、買ってきたのでどうぞ」

そう言って菓子折を渡すと、いきなり金子の怒りが爆発しました。

「なんであっさり渡してしまうんだ！　僕が選んだんだ。僕から渡すべきだろう。そんな紹介のされ方じゃ、Bさんの僕に対するファーストインプレッションが悪くなるじゃないか！　これじゃただ、妻におまけみたいについてきた人みたいじゃないか！」

Bさんの前で怒鳴るんですから、印象も何もあったもんじゃないんですが……。

こっちにしてみたら、気の置けない友人ですから、カジュアルに紹介したかった。重々しいのは、かっこ悪いんじゃないかって。確かに、金子が選んだ菓子折でしたが、それをわざわざ主張するのもどうかと思い、簡単に紹介を済ませたのです。

爆発したら止まらないし、止めようがない。

友達も困って「大丈夫？」と言いながらおずおずとあいさつしている。

今でこそ笑い話ですが、当時は硬直するしかありませんでした。そして私は、金子のこうした負の面をたびたび見せられることになります。

大企業相手に大喧嘩

知り合って1年もしないうちに——正確に言うと、ワールドカップ開催年の2002年3月から一緒に暮らし始めました。金子自身、初めての実家からの独立です。

ふたりの仲を決定づけた、約4時間の長電話で、金子が私に対して気にしていたことは、「何が嫌いか」でした。言い方を換えると、「何に対して怒るか」ということでした。確かに、そのポイントは一致していたのですが、金子の「怒り方」は、最初のうち、私にとっては戸惑うことばかりでした。


例えば、某老舗百貨店。

お中元やお歳暮を贈るのに、金子は今まで実家を送り主の住所として登録していたので、私との同居を機に登録を変更しようとしました。ところが、たったそれだけの手続きが非常に煩雑《はんざつ》で電話一本で話が終わらなかった。何か直接店舗に出向いて書類を出せ、という話だったようなのです。

金子からしてみれば、自分は何度も利用している「お得意様」です。お店側からみても、優良な顧客だったと思われます。その顧客が、自分の住所を変更したいという。それも自分から電話で申し出てきた。電話を受けた人間が訂正を請け負ったらそこで終わりの話です。

ところが、お役所仕事のように、「直接来て書類を出せ」と言ってきた。こういう、合理的でない上から目線の対応に、金子は怒りを爆発させるのです。

「電話一本で済むのに、なんでこんなことができないんだ！」

それでも向こうが、「書類を出してください」と機械のような対応を続けると、「店長を出せ！」と、こうなってしまいます。

直球の怒りです。

端《はた》で聞いていると、確かに、金子の言っていることは理屈に合っている。多くの顧客が同じように感じることでもある。正しい主張とも言える。かもしれないけれど、落としどころがない。相手の逃げ道も奪ってしまって百貨店の関係部署中を巻き込んだ騒動に発展してしまい、結局、菓子折を持って、某百貨店の担当者が自宅まで謝りに来るというところまで行き着いてしまう。

最初の頃は、金子の企業に対する怒りが非常に不快で、もしかしてこの人の目的は、大企業に頭を下げさせることなのではないかとさえ思っていました。

私の実家は牛乳屋を営んでいましたから、ちょっとでもミスがあると、お客さんからクレームの電話があったのです。それを子ども心に聞いていますから、どうしてもお店側が気の毒になってしまう。やり過ぎじゃないか、と思ってしまうんです。

枕の下の包丁

銀行に対してもそうでした。

例えば、銀行のATMに並んでいるとします。時間は17時50分。18時を過ぎると、手数料がかかってしまう。ところが混んでいるATMは本当に進みません。待っている間に18時を過ぎてしまった。当然、手数料を取られます。

金子にはこれが許せませんでした。

「なんで18時前から並んでいた人間から手数料を取るんだ！　おかしいじゃないか！　そもそもなんでこんなに手数料が高いんだ！」

金子の場合、行く先々で、激怒している、そんな感じでした。いわば、まっとうすぎる正論を直球で、しかも強烈に主張してしまっていたのです。当時の金子は、本当に不器用な人だったと思います。

金子との共同生活は、驚くことばかりでした。

金子は、自分自身の自己評価が低い人でした。自分のことをどこかで認めていない。その一方で、自分はできるんだという強烈な自負がありますから、周りから見ると「おかしな人」になってしまうのです。

二面性です。金子にはこの二面性がつきまといました。

金子は人一倍前向きな——明るい光のようなものを持っています。そのことで私は、何度救われたことでしょう。その一方で、怒りの衝動も常に抱えていました。

ワールドカップ開催間近のとんでもなく忙しい3月、不可能とも思えた引っ越しを終え、ふたりで一緒に暮らし始めましたが、金子の「怒り」に当惑させられることが度重なっていきました。

両極に振れる二面性を持った金子は、自分でも悩んでいたんだと思います。

でもどうにもならなかった。

姉ふたりと弟を幼い頃に病気で亡くしているという特異な環境が彼の人格形

成を一種、特別なものにしていたのかもしれません。極端な自信と極端な自己卑下が同居している。そのフラストレーションが、出ていたのでしょうか。

暮らし始めてすぐの、ある晩のことです。今となっては何が原因だったか、思い出せません。

金子が突然、怒り出しました。そして近くにあったモップをつかむと、思いきり床に叩きつけたのです。今であれば、それが怒りの感情をコントロールできず、物に八ツ当たりをしただけだとわかりますが、当時の私は、自分がDV被害者になるんじゃないかと恐ろしくなりました。もしかしたら、とんでもない事態に陥ってしまうんじゃないか。

私は寝る前に、包丁を枕の下に隠すようになりました。万が一の時には、刺し違える覚悟でした。

ある晩の号泣

その頃のことです。

たまたま顔を出した女子会——その時集まった女性は、ほとんどが既婚者で、しかも私と同じ年上女房ばかりの集まりで、私は思わず悩みを話していました。

「何か疲れているようだけど……」

といういたわりの言葉が呼び水でした。心の内を自然と吐露していました。私の中で、金子を否定したくない気持ちがあったのは事実です。それは、父の存在があったからでした。

商売で成功していたやり手の祖父は、私の父に対して厳しい人でした。父によると、暴力は当たり前。実際、父の頭には、岩で殴られたという傷が残っていました。そんな環境で育った父ですが、私たち姉弟に手を挙げたことはおろか、「バカ野郎」といったひどい言葉を投げつけたこともありませんでした。母にも優しい父でした。

父が優しい人間になれたのなら、金子も同じなんじゃないか。何よりも金子の中には誰にも負けない「明るい光」がある。私は金子との日常に当惑しつつ、同時に期待していたのです。

先輩の年上女房の皆さんの答えは、明快でした。

「稚ちゃん、いつまでっていう期限を決めなさいよ。いついつまでって自分の中で期限を切るの。で、そこまではがんばる。旦那と一緒に、あらゆる努力をする。それでも旦那が変わらなかったら、人生、やり直せばいいんだよ」

夫が年下だからって、彼女たちはパートナーをバカにしたり、卑下したりしてはいません。自分が夫より人生経験が豊富であることを、プラスに持っていこうとしている。懐が深い人たちです。夫を待つことができる度量がある。だからといって、子ども扱いはしません。一定の距離を持って、夫とつきあっている。夫と、いい意味で対等な人たちでした。

そういう人生の先輩たちが、口々に「期限を区切りなさい」と言う。私は、少し冷静になったほうがいいよ、と言われている気がしました。これで人生が終わるわけじゃないよ、と。

私は心の中で、「1年」と期限を切りました。そこまでは、どんなことがあっても乗り切ろう。絶対に、暴力は受け入れない。

それから1週間ほど経った晩のことです。相変わらず私は、包丁を枕の下に隠して寝ていました。

金子が突然、「えっ？」と甲高《かん》い声で驚いたんです。

「稚ちゃん、なんで包丁、そんなところに置いているの？」

そんなことに気づくのに、1週間以上かかるというのが、金子らしいと言えば金子らしいのですが、これをいい機会だと思って、私は一気に話しました。

「ねえ、どうして私が包丁置いてるかわかる？　哲ちゃんが怖いからだよ。

哲ちゃんにとっては、怒鳴ることって当たり前のことかもしれない。怒鳴り合うことがコミュニケーションかもしれない。でも私には耐えられない。両親にさえ、怒鳴られたことがないの。大声で叱られたこともないの。だから哲ちゃんに大声を出されるだけで、心も体も固まってしまう。恐怖で身がすくむの。

こないだだって、モップで殴りかかろうとしたでしょ？　だから万が一の時、これで刺し違えようと思って、それからずっと、包丁を枕の下に入れてるの」

金子は立ったまま、ボロボロと涙をこぼし始めました。

「ごめんよ、稚ちゃん、ごめん。僕が悪かった。……僕は、僕は……こんなに好きな人を怯《おび》えさせていたんだ。ごめん、ごめん……」

金子は床に這いつくばり、土下座をしました。

「ごめん……稚ちゃん、ごめん。もう絶対にしない。絶対にしないよ」

金子は大声をあげて泣きました。

「僕は……稚ちゃんを傷つけたくない。僕は、僕は……稚ちゃんを守りたいんだ。……僕が稚ちゃんを守るんだ！」

気がつくと、ふたりで一緒に泣いていました。

ヒノキの玉

自分の中で期限を切ったはいいものの、具体的な方法は思いつきませんでした。当時は、信頼できる人に会うたびに、それとなく相談していた記憶があります。

10歳年上のある友人に相談した時のことです。

本人の中ではずっと葛藤していて、いろんなものを溜《た》めているんだけど、それがあるラインを越えると一気に噴出しちゃって。周囲からすると、突然、怒鳴り出したようにしか見えないから、ただ面食らってしまって、人間関係もぎこちなくなってしまう。怒りをそのままストレートにぶつけちゃいけないんだ、いったん飲み込むんだ、という方法がわかれば……。というか、わかっても、やっちゃうのかもしれないけれど。

相談とも愚痴ともつかぬひとり語りを、その人はじっと聞いてくれて、おもむろに口を開きました。

「これ、テレビでちょっとやっていたことなんだけど……。怒りっぽい人って、怒りを別のものに転嫁すると何とかなるっていうの。普通の人でも、他の物に八つ当たりってするじゃない？　あれと同じで、何か他のもの……そうねぇ、例えばヒノキの玉とか握ってみたりしたらいいんじゃない？」

ヒノキの玉――香り付けで、お風呂に浮かべる玉のことです。

「怒りが湧いてきたら、あの玉を握りしめてもらうの。例えば『怒鳴らない』って稚ちゃんと約束して、握るたびにその約束を思い出してもらう。ヒノキの玉は香りもいいし、癒し効果もあるんじゃないかなあ」

藁《わら》にもすがる気持ちで、早速、帰りがけに購入すると、金子にヒノキの玉を渡しました。

と同時に、少しだけつけ加えたのです。

私から見ていて、特に男性同士の関係は、同《おな》い年でも力の上下関係がありま す。そして、その上下関係を揺るぎのないものにしておこうという気持ちが働いているように思います。だから、相手の弱点を見つけると、相手にわからないように突いてくる。仲のいい関係であっても、です。

金子の先輩のひとりに、そうしたことに長《た》けている方がいました。往々にして、そういう方は周りが見えていますから、社会的にも評価が高い方が多いのです。

で、その先輩は、先輩という強みもあって、金子に会うと、冗談交じりにきつい指摘をします。「お前さ、ここがダメなんだよな」というアレです。怒りの沸点が低い金子は、こうしたことにいちいち腹を立ててしまう。それがまた、次の攻撃材料にされてしまうのです。

「哲ちゃん、腹の立つこと言われたからって、すぐに言い返しちゃダメだよ。その代わり、『先輩、アドバイスありがとうございます！』って言っとけばいいんだよ。向こうもそうしたら、哲ちゃんを攻撃する材料が減るんだから。絶対に、相手の土俵に乗ったらダメだよ。何言われてもニッコリ笑って『ありがとうございます』って言ってたら、あちらはもう何も言えなくなるから」

「わかった、やってみる」

金子は決して、意固地な人間じゃありません。自分を見直し、変わろうとしていました。ただ、その方法がわからなかっただけ。

素直なのです、基本が。だから私の話すことに納得すると、それをきちんとやろうとする。

金子にはきっと、通常のコミュニケーションの回路が、開かれていなかったのかもしれません。だから誤解されるし、傷ついたりすることも多い。でも、もともと頭のいい人ですから、「こうやったら回路は開けるよ」と指摘すれば、それを遂行できる。回路を開くのに少し手間どったけれど、開きさえすれば、この人はきっと、コミュニケーションで困らなくなる。そう思いました。

実際、口の悪い先輩から電話がかかってきた時のことです。

こっちで聞いていても、金子が怒鳴りたがっているのがわかりました。鼻息が聞こえるほどです。でも見ると、受話器を持っていないほうの手で、例のヒノキの玉を握りしめていたんです。

グリッ、グリッ。

ヒノキの玉を握る音は、それから1か月続き、そしてそれ以降聞こえることがなくなりました。私は少しホッとしました。だって、決めていた期限の1年でなくて1か月で卒業できたんですから。

金子との生活を通して、私も本当に多くのことを学びました。何よりも金子の圧倒的な素直さと優しさに、救われました。そして、私自身も余計な力が抜けて穏やかになっていったのかもしれません。結婚生活に望むものが、ごくシンプルになったのです。

「夫がいるから、今の私がある」。心からこう言える自分になっていました。

個人的な怒りから「義憤」へ

対人コミュニケーションの問題を克服しつつあった金子ですが、硬直したサービスに対する怒りは生涯、続きました。

例えばケータイ。ケータイ会社に対しては、本当に最後まで腹を立てていました。

街のあちこちにケータイショップがありますが、どのショップでも対応がマニュアル化されています。客からAという質問が来たら①、Bだったら②、Cなら③……と細かく決まっています。ほとんど丸暗記です。

金子はそういうお客を無視したサービスに対して立腹するのです。

実際、金子の質問――流通ジャーナリストですから、質問も細かいんですが、それに対し、売場の店員さんは、その質問をAだと認識すると、答え①を最初から最後まで喋る。金子の聞きたいのはそこではありませんから、また角度を変えて質問する。売場の店員さんにとっては、また同じように回答①を最初から説明する。

「そんなことを聞いているんじゃないんです。店長を呼んでください！」

20代の若い子が一生懸命説明しているんだから、最後まで聞いてあげようよと促しても、金子は聞き入れません。逆に言い返されました。

「稚ちゃん、それはおかしいよ。同じ説明をオウムのように繰り返させるのは、ケータイ会社の怠慢だよ！　お客によって聞きたい内容は違う。ニーズも違う。それなのに客の必要としているものも考えずに、ただマニュアルに書いてある内容を復唱する。それは、僕たち客の時間を奪っているんだぞ！　これはサービスじゃない。お客に時間という負担をかけておいて自分のやりたいことを勝手に押しつけているんだ。怠慢だよ!!　稚ちゃん、こういうことはいちいち言わないと大会社はわからないんだよ！」

例えば、ケータイ会社は新規機種を売ろうとキャンペーンを張る。「2年間パケット使用料タダ」とか、そういう類のものです。金子は、いったいそれはどのように得なのかを知りたい。例えば、Xというコースを選んだ場合と、Yというキャンペーンを利用した場合、トータルで考えると、どちちがどれだけ得なのか。

こういう、お客の側に立った説明をケータイショップでは行いません。むしろ、そういう説明をしてはいけないようになっているのかもしれませんが、金子はこうしたことが許せなかったのです。

常に、「売り手側の甘え」を突く。

隙のないサービスを求めているのではありません。完璧じゃなくたっていい。でも、大手だとか、独占企業だとか、そういうことにあぐらをかいているのなら、許さない。そういうことに、怒りの矛先を向けるのです。

「本体価格0円」もそうです。

一時、これで顧客を集めるサービスが花盛りだったのに、管轄官庁の総務省からの指導が入ると、今度は急に端末本体に4万円などという値段を付けて、強制的に毎月払いに変更しました。端末価格4万円という正規価格を、私たちはローンで払っているということです。

家電製品などもそうですが、ローンにした場合と、現金一括払いでは、後者のほうが、料金が安くなりますよね？　金子は、ここを突くんです。

「端末を現金一括払いで買わせてくれ。で、その分、料金をひいてほしい」

もちろん、門前払いでしたが。

金子は、店の努力が反映されないことにも怒っていました。例えば、「この機種、4万円ですが、ウチは勉強して5000円負けさせてもらいます」とか、

「この色、不人気なんで半額でサービスします」とか、こういうサービスが一切ない。

毎回、ケータイショップに行くたびに、金子は店長に文句を言っていましたが、流通ジャーナリストとしては、新機種を使い倒したいという欲求がある。だから、半年に1度は店を訪れ、自分の分と私の分、2台分のケータイを買い換えていました。文句は言い続けていましたが。

前に紹介した百貨店や銀行に対する怒りも然《しか》り。こうした怒りは、いい意味で、金子の流通ジャーナリストとしての原動力になりました。他人に怒りをぶつけるのではなく、代替案を提案したり、「これは間違っていますよ」と社会に訴えたりするようになりました。

金子の場合、弱者（情報弱者や社会的弱者も含めて）が虐《しいた》げられていることに、非常に腹を立てました。もちろん、私もこの部分には共感するのですが、私の場合、編集者的というか、「こうした弱者の皆さんの怒りや現状を、世に出したい」と思う。

ところが金子は違います。

「変えていきたい」「この人たちがうまくやっていく力や知恵を授けられないか」

と考える。

流通ジャーナリストとして、金子が賢い物の買い方を盛んに説いていたのは、そうした理由なんです。金子は自分の中の怒りを、うまく義憤に、そして生産・流通側と消費者との橋渡しに変えていったのです。

突然の新婚旅行宣言

金子は、一貫して「現場主義」を標榜していました。実際に自分の目で見、客観的データと比較し、考察する。だからどこかで、理論だけを振り回す経済学者を冷めた目で見ていましたし、自分の足でキャッチしてきた情報を大切にしていました。

2002年の日韓ワールドカップが終わった頃です。

金子が、「ドイツに取材旅行に行く」と言い出しました。とうとう「現場主義」もワールドワイドになったんだなあと感心しながら、一方で、滅茶苦茶ハードなスケジュールのワールドカップの仕事も終わり、私は放心状態でした。

金子は目に見えて落ち着いてきていましたが、それでも、こちらを振り回すマイペースさは残っていました。

「いいんじゃない？　いってらっしゃい！」

私は精一杯、明るい声をかけました。

外資系航空会社に勤務されている方とやりとりしていたようで、行程やらを相談して決めていく様子を、私は端で見ていました。とにかく疲労困憊で、金子のやっていることにまで、注意がいきませんでした。ドイツとはいえ、国内出張が国外になるだけのこと。「無理しない程度に、気をつけてね」と声だけかけて、文字通り無関心でした。

ところが、しばらく経って、出発の10日前くらいでしょうか。突然、金子が宣言しました。

「稚ちゃんも行くんだからね！」

驚くのなんの、目は点に。

そうしたら金子、毅然とした態度できっぱりと、こう続けます。

「稚ちゃん、これは新婚旅行のつもりだから！」

「えええ〜っ、最初からそうはっきり言ってよ！」

不満を漏らすものの、金子は、「ごめん、ごめん。でも、そうだから！」の一点張り。

こうなってしまうと、金子に前言撤回はありません。それに、「新婚旅行のつもり」というのも悪くない、と思いました。金子なりに、気を遣ってくれているのですから。きっと、ワールドカップでへとへとの私を見て、「何かしなくちゃ！」と思ってくれたのでしょう。金子流の優しさです。

私はそれから、ドイツのガイドブックを買ってきたり、仕事の調整をして強引にスケジュールを空けたりと、バタバタすることになりました。

準備をしながら感心したのは、金子の荷物のコンパクトさです。荷造りも手際がいい。私は突然の海外旅行に浮き足立って、あれこれ荷物を用意すると、それを見ていた金子がひと言。

「それ、必要ないでしょ！」

金子の荷物を見ると、国内の２泊３日の出張と何ら変わりません。でもそうですよね、国内か国外かというだけで、荷物の量が極端に違うことのほうがおかしいのです。

この後、一緒に外国に行く時は、私がすべてを準備していましたが、私も影響されたのでしょうか、どんどん荷物が少なくなっていきました。

ハンブルクの恐怖の夜

その新婚旅行兼取材旅行のドイツ。なかでも最初に滞在したハンブルクは、とても美しい街で、記憶に鮮明に残っています。金子も時折思い出しては、「好きな街だ」と言っていました。

冷え込んだ街を、ちょっと震えながら歩いていると、目に飛び込んで来るのは、何とも言えず美しいショップのウィンドウディスプレイ。でも、なぜか、店が閉まる時間が早いんです。

「店が閉まるのが早いのは残念だけど、ウィンドウディスプレイがとても美しく飾られているから、見ているだけで飽きないね」

と金子に話しかけると、

「『すぐに買えない』ことも、購買意欲に火をつけてるのかもしれないね」

と解説してくれました。

ハンブルクでの金子の様子も、よく覚えています。身体中で興奮していて、目がくるくると回っている。まるで、全身で「外国の街」を感じて受け止めているようです。せわしなくあちこち歩き回り、写真を撮りまくり、いろいろな店に入りまくります。この時、（この後どの国、どの街に行っても変わらないことがわかったのですが）、必ず電器屋さんに入ってチェックすることもわかりました。

思いついたら即行動、という人なので、ついていくだけでやっと。でも金子の幸せそうな表情を見ると、こっちまで楽しくなりました。

ハンブルクの街の黄昏時。

「ごめん！　歯を磨きたいからトイレに行ってくる！」

と金子は夕闇に駆け出して行きました。なぜ今、歯を磨く必要があるのか、ツッコミどころは満載なのですが、指摘する前に走り出してしまうのですから、止めようがありません。

大都市ハンブルクとはいえ、その時いたのは、観光地ではありません。取材旅行ですから、あまり観光地は立ち寄らないのです。地元の人たちが集まる広場のようなところで、バスターミナルが近くにあり、広場には数軒の屋台が出ていました。ホットワインの店です。何せ寒いので、皆、ホットワインで温まっているのです。

トイレに行った金子は、いくら待っても帰ってきません。初めての街、しかもどんどん暗くなっていきます……。不安だけが募ります。当時は、携帯電話も国際ローミングにしていなかったので連絡を取ることができません。

寒さに耐えきれず、私も勇気を出してホットワインを頼みました。

体の大きいドイツの男性が、すごいピッチでホットワインをあおっています。ドイツの人はお酒が強いんだなあと感心していたら、そうじゃなかった。あちこちで酔っ払いが続出し、パリン、パリンとコップの割れる音。酔っ払って騒いでいるのです。

とうとう、大声でわめき合っている集団が、３つ４つできてしまいました。怖いなんてものではありません。私は目立たぬよう、喧噪《けんそう》を避けながら、ちょっとずつ静かなほうに移動したり。どんどん心細くなるし、あたりはどんどん暗くなっていくし。

もう、限界だ！　私のこと、守るんじゃなかったの!?

30分は軽く過ぎていたでしょうか。私は叫び出したくなりました。

金子が笑いながら戻って来ました。興奮して喋り始めます。

「ごめん、ごめん」

「トイレで歯を磨いた後、戻ってくる途中で面白いドラッグストアがあったんだよ。覗いてみたらこれがさ……」

キレました。

ホテルに向かうタクシーの中でも、怒り通し。いつもと主客転倒です。ホテルに帰ってからも怒りの収まらない私に、金子は相当驚いたのでしょう。この時から、海外に行く際には、必ず国際ローミングができるように設定し、現地でも携帯電話で連絡が取れることを確認するのが、到着した空港でする最初の儀式になりました。

有名ホテルで値切り倒す

新婚旅行ではもうひとつ、思い出があります。

フランクフルトのホテルに泊まった時のことです。アメリカ資本のホテルだったのですが、シャワーのお湯の出が非常に悪かったんです。皆さんだったら、こんな時、どうするでしょうか？

チェックアウトの時に、金子は行動に移しました。本人いわく、英語には自信がないそうですが、そんなことおかまいなしで、片言の英語で、フロントでまくし立てます。シャワー、トラブル、のふたつの単語を連呼して、「水しか出なかった。それはお宅のミスなのでは？」ということを伝えようとしている。

そしてふた言目にはこう言うのです。

「オフ！　オフ！」

ようは、宿泊費をオフ——まけろということですね。またホテルのフロントも、たまたまアジア系の従業員で、ドイツ語はできるのかもしれませんが、英語はそれほど理解していない様子。しかも金子のブロークン・イングリッシュですから、困っているのがこちらにもわかります。交渉は長丁場に。次のスケジュールもありますから、こっちはハラハラし通しです。でも金子はまったく意に介さず、同じことを強く主張し続けるのです。

そしてとうとう、ホテル側が根負けし、宿泊費5％オフを勝ち取ったのでした。勝利を得て満面笑みの金子は言いました。

「ヨーロッパの現地資本のトラディショナルなホテルだったら無理だと思ったけれど、このホテルはアメリカ資本だからいけると思ったよ」

そうか、この人はそこまでわかって値切っていたんだ。ただのクレーマーじゃないんだ。

「ヨーロッパ系のホテルだったら、シャワーの出が悪くても、そんなものだろうと納得するけど、アメリカ資本だろ？　全世界共通の平均的なサービスを提供することをモットーにしているアメリカの会社が、これじゃおかしいでしょ」

嬉々として語る金子を前に、私はこういう人と結婚したんだなあと、ある種の覚悟をしたことを思い出します。

考えてみると、金子がクレームをつけるのは決まって、大資本、大企業です。弱い存在――個人商店や小規模の会社に文句を言うことはありません。

例えば、民宿やペンションに泊まるとします。そこで、サービスが行き届かなかったとする。利用者は、そこまでの対価を払っていないわけですから、サービスが悪くても、それは選んだ自分の責任だと金子は考えるのです。

一方で――フランクフルトのホテルがそうですが、大資本のホテルが、いい加減なサービスをすることを、金子は絶対に許しません。自分のスケールを笠に着て、「このぐらいのサービスでいいだろう?」と、勝手に利用者に押しつけているというのです。もちろん、こうした金子の考え方は、後になって徐々にわかっていくのですが……。初めて目の前で見た時は、驚くばかりで二の句が継げませんでした。

新婚旅行はロマンチックでもなんでもなく、合理的にスケジュールを消化していきました。だって、主目的が、家電を売る店を中心に、スーパーなどさまざまな店を見て回ることなんですから。いわば取材旅行です。

こうした旅のスタイルは、このあと、どの国・どの地域に行っても変わりませんでした。国内でも同じです。そのうち私も金子に感化され、地方に行けば、その地元にしかないスーパーに出かけてその地域の生活を感じたり、スーパーの意図を理解したりするのが面白くなりました。出張先での食事も、高級店で食べずに、スーパーの惣菜を買って帰り、ホテルで済ませます。その土地のスーパーの惣菜を食べる——そこには、売り方や値段、パッケージの観察が含まれるのですが、そうしたことが楽しみになりました。私たちの、仕事を兼ねた旅のスタイルは、新婚旅行の時に、決まったのかもしれません。

2002年秋の、あのドイツのことは、今でも脳裏に甦ります。

あのハンブルクの夜。冷え込んだ人気のない街を、ショーウィンドウを横目で見ながら、腕を組んで石畳を歩きました。あの時の腕のぬくもり——もう二度と、それを感じることはできませんが、その時感じた喜びは、今も私の中にはっきりとあります。

こう書くと、とてつもなくロマンチックですが、その時話していたのは、「路肩にメルセデスしか止まってない！」

「あんな小さい車から、あんな大きいドイツ人が出てきた！　どうやって体を折りたたんでるのかな？」

こんなたわいもないものばかりでしたが。

プールからどうやって水を抜くか

金子が、怒りをコントロールできるようになってくるにつれ、私は彼の、いろいろな面を発見していきました。初対面の時に感じていた違和感は、やがて、彼の個性なんだとわかるようになってきました。

金子には最初からずっと、漠然と「明るい光」を感じていたのですが、その正体がなかなかつかめなかったのです。話をしていくうちに、それがボンヤリとですが見えてきました。

金子は立ち止まらないんです。立ち止まらずに考える。

例えば、原発の問題があります。「NO！」と言うのは簡単だけど、私も含めて、そこでフリーズしてしまう。賛成派から、「だったらどうしたらいいんだ！」と言われたら、困り果て、動けなくなってしまう。誰からも簡単に正解は出ていません。金子はそんな時、たとえ答えが見つからなくても、とりあえず一歩進む人です。

金子はよく、こんな例えを使って話をしました。

「稚ちゃん、例えば25メートルプールになみなみと水が溜まっていたとするよね？　栓《せん》は抜けない。いったいどうやって抜いたらいいと思う？」

「ポンプ車を用意したら？」

「そんなお金ないよ」

「えー、わかんない。できないよ、水を抜くなんて」

「できないからって何もしなければ何も動かないよ。僕なら、手で水をすくう。すくって汲《く》み出す。汲み出しながら、次の手を考える」

考える前に、行動する。これが金子でした。机上の空論に終始してしまうことを嫌ったのです。

「何もしないで悩んでいるだけだったら、プールの水は減らないよ。手ですくうなんてわずかだけど、それでも水は減る。そのうちに、お金をポンと出して援助してくれる人が現れるかもしれない。ポンプ車が近くを通りかかるかもしれない。でも、誰かが動いていなければ、他の人も巻き込めないんだよ」

金子の発想はしかし、すぐに理解される性質のものではありません。だからすぐに誤解され、人間関係が悪くなっていくことも多い。

ああ、私の役目は「翻訳者兼編集者」なんだ。そう思いました。金子の考えを、万人にわかりやすいように整理する。

だから金子と話している時は、意図して、「哲ちゃんの言っていることって、こういうこと？」と、一般人にもわかるような表現を持ち出すようにしました。そういうと金子は自分に何が足りなかったのかをすぐに理解して、次から自分の考えをわかりやすく伝えようとするのです。

金子はどんどん、表現力を獲得していきました。コミュニケーションスキルは格段に上がり、怒る回数も減ってきました（大企業の身勝手な理屈や、手抜きのサービスには相変わらず腹を立てていましたが……）。

そして、流通ジャーナリストとしても足場を固めつつあった時に、転機が訪れました。報道情報番組『ブロードキャスター』（TBS系）で、金子が街頭インタビューを受けたんです。通行人のひとりとして。それをたまたま観ていた学生時代の友人が、金子のコメントが面白いと言ってくれて芸能事務所に入ることを勧めてくれました。知り合いの知り合い、というツテを紹介してくれるという話でした。その事務所が、久米宏さんなど、多くのキャスターや文化人を抱える、オフィス・トゥー・ワンだったのです。

この時、面接担当だった宮下浩行さんが、この後、マネージャーとして最後まで金子を支えてくれることになります。

金子は、35歳になっていました。

ピンクのデジカメを買え

「賢くお金を使おう」

ひと言でいうなら、これが流通ジャーナリストとしての金子の信念です。

「国際値切リスト」なんて肩書を名乗っていたくらいで、基本的に「無駄遣いをするな」という立場だったのですが、「お金を使うな」ということは、一度も言っていません。

「お金を貯めるだけじゃ、お金が流れなくなる。お金の流れを止めたら、皆が不幸になるんだよ」

よくこんなふうに言っていました。

どんな人にとっても、しかしお金は有限です。だから「賢く使う」。そのための知恵を伝えたい、というのが金子の願いでした。

「稚ちゃん、お金は有限だから、賢く使わないといけないんだけど、いちばん大切なことは『消えないもの』にお金を使うことなんだ」

「消えないもの？　家とか車とか？」

「家や車はいずれ消えてしまうよ。どんなに時間が経ってもその人の中からなくならないのは、『教育』だよ。子どものためでもいい。自分のためでもいい。人間への投資にお金を使うことが、いちばん賢いやり方なんだよ」

じゃあ人間への投資にお金を回すためにはどうしたらいいか。優先順位を細かくつけて、食品や家電など必要なものは、賢く、安く買ったほうがいい。金子はそう考えていました。

安ければいい、ということではありません。きゅうり一本の値段の向こうに、世界経済が見えるというのが、金子です。例えば、スーパーの陳列はどうなっているか。スーパーは何を売りたいのか。何の値段が下がって、何が高騰しているのか。こういうことはすべて、世界経済につながっているんだ、と。金子は決して、経済理論を振りかざしたりはしませんでしたが、自分たちの消費行動は世界経済とリンクしていて、そのことがわかっていれば、買い物は今以上に楽しくなるし、賢く買うことができると考えていたのです。

金子は『商業界』という専門誌で、いわば「売る側」の記事を書いていました。だから、店のスタンスもわかるし、裏側も知り抜いている。そこから見えてきたことは、「お店はちゃんと消費者の方を向いていない」ということでした。

ピンクのデジカメを買え。

この考えが、金子の真骨頂です。ピンク――つまり不人気色ということですね。いろいろな色の製品を出せば、当然、不人気色が出てきます。店にしても、メーカーにしても、不人気色の商品だけが不良在庫化していくことは避けたいわけです。だったら、不人気色は安く売ったら？　と金子は考えます。機能が同じなら色にこだわらないという消費者は必ずいるのだから、そことマッチングさせる。金子はそのことを、店、消費者両方にわからせるために、実際にピンクのデジカメを値切ってみせるのです。

最初の頃は、目の前で値切る姿に、牛乳屋の娘としてはちょっと引き気味でしたが。

業界の中では、金子のことを「小売店の内幕を暴露しているだけじゃないか」と批判する人もいました。でも金子はどこ吹く風。

「暴露っていうけどさ、お店にとっては在庫がなくなるからむしろうれしいことだよね？　在庫を抱えるリスクと負担を考えたら、売れることのほうがよっぽど大事だよ」

金子は、自分の中に抱えていたモヤモヤとしたものや、どうしようもない怒りを、「消費者のために、賢いお金の使い方を教える」というミッションに置き換えることができたのです。金子は「時間」と「努力」の両方をかけて、落ち着きとコミュニケーションスキルを手に入れました。世間に受け入れられる準備が整ったのです。

実際、オフィス・トゥー・ワンに所属した金子は、マネージャーの宮下さんに連れて行ってもらった『女性セブン』編集部で、「この人は面白い！」と思われ、すぐに誌面に何度か登場。記事が好評だったことも手伝って、テレビやラジオなど、マスコミへの露出が急増していきます。

今から思うと、金子はこの時すでに、人生のラストスパートをかけ始めていたのかもしれません。私から見た哲ちゃんは、人の何倍もの仕事に、常に全身全霊で取り組んでいました。哲ちゃんの「明るい光」はますます輝いていました。

第2章

試され続けた最後の40日間

——逝ってしまう人に何ができるか

金子は、極端な世界の住人です。

それがいい意味で発揮されると、流通サービスをとことんまで追求するような、鋭さになります。悪い意味で出てしまうと——なにせ、今まで自分だけの世界に生きていた人ですから、他人から誤解され、にっちもさっちもいかなくなってしまう。

金子は本当に徹底している人間です。

皆さんに見せている顔で言えば、値切りがそうです。

ニューヨークに旅行に行く、という時のことです（私も同行しましたが、相変わらず取材旅行がメインです）。

当然、普通の人ならば、スケジュールが決まった時点で、航空チケットや宿泊場所を押さえます。ところが金子は、それをしません。ギリギリまでチケットを探し続けるというのが当たり前でした。

要は待っているんです。キャンセルなどが出て、料金が安くなることを。

「流通ジャーナリストの名にかけて、絶対に最安値で買ってみせる！」

まるでマンガやドラマの決め台詞《ぜりふ》みたいに宣言して。実際、ニューヨークを

3万円台で往復したことがあります。こっちは、ハラハラし通しで、「耐えられないよ！」と不平を漏らしたことがありますが、極端に走る金子は平気。むしろ、そういうハラハラすることを含めて、楽しめる人でした。

猫のような存在

夫婦生活も、他の人から見たら奇妙に映ったかもしれません。

金子は何かに取り憑かれると、一心不乱にそこに向かってしまう人で、例えば、ご飯中であっても、無言で立ち上がって部屋に行き、調べ物を始めてしまう。

「哲ちゃん、ご飯、終わってないんじゃないの？」

「ああ、そうか」

と戻って来てまた食べ始めます。

「自分だけの世界」を持っているのです。マナーとしては問題だし、そんな人と結婚するのは嫌だと思う方も多いでしょうが、私はこれを金子の「個性」だと考えました。才能の一部である、と。だって、ご飯中に他のことを始めるほど真剣に仕事のことを考えている人がそんなにいるでしょうか? 「自分だけの世界」を持っていることのほうが、貴重だと思えたんです。

慣れていないんだな、とも思いました。初めての他人——つまり、私と一緒に暮らすということに。

猫みたいだと思いました。

猫って、飼い始めの頃は、居場所を確保するのに時間がかかるのか、なかなか飼い主にもその家にも慣れません。慣れると、態度が一変しますよね? あの猫です。

きっと金子は、もらわれてきたばかりの猫のように、自分の居場所を探し回っているんだと思いました。それもあって、食事をしていても落ち着かない。半年ぐらい経って、ようやく最後まで座って食べるようになりましたが。

外食していても「落ち着かない」と言うんです。人好きで、そういう集まりも好きな人なんですが、過剰に気を遣ってしまう。「食べた気がしない」とよくこぼしていました。だから外食後に、家でまたご飯を食べる。さすがにそれは体に良くありませんから、やめるように説得しましたが。

家計にも独特のルールがありました。

実は金子、自分の母親が専業主婦だったせいか、結婚したら私が仕事を辞めるものだと思い込んでいたようなのです。

「稚ちゃん、結婚したら仕事は辞めるんだよね？」

「ん？　辞めないよ」

私の父は、私が高校生の頃に事業に失敗し、それがもとで私自身、東京の大学への進学を諦めたという過去があります。周囲の反対を振り切って地元短大に進んだあとは、奨学金などを利用しながら、自分の生活費分は自分で働いてきました。だから結婚後も「自分で働いていたい」という思いがあったんです。

「一輪車より二輪車のほうが安定するでしょ？　何かあったときのリスクヘッジにもなるし」

「そうか、家庭も経営していくということなんだね！」

家庭は経営するものだというスタンスに合点がいった金子は、積極的にルール化していきました。

　生活費は折半。毎月、決まった金額をふたりで出し合い、ひとつの財布に入れる。私たちはこれを「家金《いえがね》」と呼んでいました。基本的に私が管理しましたが、例えば金子がスーパーで必要なものを買ってくると、家金から差し引きました。この後、金子の収入は増えていきますが、それでも折半の原則は変わりませんでした。

　このルールはさらに細かくなって、1万円以内なら相談なしに購入可。それ以上は、プレゼンをして相手を説得する。個人の持ち物——例えばパソコンやデジカメは、個人の財布から自己責任で出費。

　ちょっとだけ反省しているのは、もっとかわいらしくねだってもよかったかな、ということ。学生時代から、必要な物は自分の働いたお金で買うという習慣が身についていたのです。一度、金子に言われました。

「稚ちゃん、あれが欲しい、これが欲しいって、もっと言わなきゃダメだよ。おねだりしないと女の人としてかわいくないんだから」

「じゃあ……指輪！」

そう言ったら金子、「セールで安かったんだよー」って、5000円の指輪を買ってきましたが……。それではと、次はふざけてあるブランドメーカーを指定すると、

「それはちょっと待ってよ。会社ごと買うから」

冗談の絶えない人だったんです。

もちろん、私に内緒でプレゼントを買ってきてくれることもありました。

「稚ちゃん、これがあったら料理が楽になるよ！　ディスカウントショップで見つけたんだ」

500円したという、バカでかい野菜カッター。使いましたよ、ありがたく数回は。

「ごめん、哲ちゃん。私、包丁でせん切りしたほうが楽だわ」

毎日がお祭り

私も金子も仕事をしていましたので、それぞれのスペースは必要だと思って

いました。私も他人と暮らすのは初めてです。机ひとつでもいい、部屋の隅でもいい。何か自分の場所がないと、息が詰まるんじゃないかと思っていました。当然、金子にもそういうスペースが必要だろうと彼の仕事部屋を確保しました。

ところが、寂しいんです。猫と同じですね。決してドアを閉め切らず、開けっ放しで執筆や調べ物などの仕事をする。そのうち、寂しいからとリビングにやってきて、しまいにはリビングで仕事をしていました。

こっちがリビングでテレビを観ていてもお構いなしで、

「この文章、どうかなあ」

「この言葉の意味、合ってるかな」

と、のべつまくなしに聞いてくる。

「申し訳ないけれど、仕事部屋で仕事してくれる?」

などと言ったことは何度もあります。

私も金子の仕事部屋に机を置いていて、こっちが原稿の締め切りの時は、私が仕事部屋にこもっていました。

「今日は本当にごめん。集中しないと書けない難しい仕事だから、絶対に邪魔をしないで。ドアを開けないでね」

僕、一生懸命我慢しますって顔で、金子、頷くんです。

ようやく深夜２時に終わったとします。部屋から出ると金子が寝ずに待っています。

「書けた？　終わった？　じゃあ、お茶入れるよ！」

と満面の笑み。

男の人にかわいらしいと言ったら、失礼になるかもしれませんが、金子は本当にキュートでした。感情のコントロールに失敗することはあっても、このかわいさです。毎日が本当に楽しかった。

結婚する時、言われたんです。

「稚ちゃん、僕と結婚したら、毎日がお祭りだよ！」

本当にその通りでした。

例えば、スーパーでの買い物ひとつとっても、普通に買わない。

「稚ちゃん、なんと、きゅうりが今季最安値を更新！　今日は、きゅうり祭りだ！」

深夜のコンビニに、牛乳パックひとつ買いに行くのも、金子がいるとちょっとしたイベントになりました。

でも毎日が「お祭り」ということは、一方で、特別な日と日常の区別がないということでもありましたが……。誕生日も結婚記念日も「何のこと？」という感じ。盆暮れ正月関係なく、365日仕事。

一緒にいることが楽しくて、仕事が楽しくて、毎日がお祭りみたいならそれでいいじゃないか。そういう人でした。

365日、仕事に手抜きなしなんです。こっちが驚くほどの仕事ぶりでした。そういう真摯な姿勢《しせい》が、評価されたのだと思います。金子は流通ジャーナリストとして、マスコミへの露出が格段に増えていきました。端から見ていても、輝いていました。

そう、あの時が来るまでは——。

非情な宣告

２０１１年6月のことです。

金子はその前の年ぐらいから咳《せき》が出ることがあって、医者に通っていました。しかし顔色も悪くないし、声に張りもある。仕事も鬼のようなスケジュールでしたから、医者の見立ても、「疲れですね」ということに落ち着いていました。

ところが、咳がいよいよ止まらない。

「今日こそ検査してもらって！」

と嫌がる金子の背中を押して、自宅近くのクリニックに行かせました。レントゲンを撮ると、影があるという。「念のため」ということで、翌日、ＣＴスキャンで確認。

画像データができたという連絡をもらい、金子はクリニックに出向きました。そこで、「末期がんですね」と宣告されてしまったのです。

そもそも念のための検査でした。

「稚ちゃんが仕事を休んでまでつきあう話じゃないよ」

と本人にも言われていたので、クリニックには金子ひとりで行っていました。

会社に電話がかかってきました。

「稚ちゃん……、僕、肺がんで末期だった」

「嘘でしょっ⁉」

寒気が襲いました。頭の中がしびれたようになり、何も考えられない。

その日、どうやって家に帰ったか、覚えていません。まったく記憶がないんです。マンションのドアを開けると、金子が部屋の中を泣きながら歩き回っていました。

クリニックの紹介で、がん研有明病院に伺いました。それから数多くの検査を受け、金子はその合間に仕事をこなしました。仕事の合間に検査をこなした、というほうが正しいかもしれませんが。

検査入院を経て、6月末に結果が出ました。

私たちふたりを前にして、担当の先生が切り出しました。

「いい話と悪い話があります。どちらからお話ししますか？」

「じゃあ……いい話から」

先生は耳慣れない病名を口にしました。

「金子さんの病気は、がんではありませんでした。肺カルチノイドという病気です」

先生の説明によると、胸には９センチの腫瘍《しゅよう》がある。しかし、がんに比べて、肺カルチノイドは非常に進行の遅い病気なので、この大きさになるのに最低10年はかかっている。

「もし肺がんだったら、腫瘍がこの大きさになる前に、間違いなく死んでいます」

まだ悪い話が残っています。

先生は再び話を始めます。

「悪いお話は、肺カルチノイドというのは非常に珍しい病気なのです。ですので、これといった治療方法がありません」

後で調べてみると、肺カルチノイドという病気は、肺がんに似ているものの、タイプの違う病気で、10万人に１人しか発症しないというのです。珍しい病気ゆえ、研究も進まず、特効薬や治療法が見つかっていません。早期に発見し、手術で取り除けば、がんよりも悪性度が低いため、予後もいい病気なのですが、金子の場合、すでにかなり進行しています。しかもよりによって、金子の肺カルチノイドは、数千万人に1人しか発症しないというタイプの腫瘍でした。「進行が遅い」という特徴の肺カルチノイドはゆっくり進行するので、それに体が順応してしまい、不調が不調と自覚されないことも多いといいます。金子が自覚した時には、時すでに遅しだったのです。

先生が言うには、腫瘍が大きすぎて手術はできない。抗がん剤も効かない。放射線を当てる手もあるが、それだとＱＯＬ（生活のクオリティ）が著しく下がってしまう。

先生は淡々と続けました。

「腫瘍が大きくなりすぎて、気管を圧迫しています。いつ窒息してもおかしくありません。もし今、目の前で金子さんが亡くなられても全然驚きません」

死の宣告でした。

咳しか自覚症状がないのに、突然、死の宣告をされる。そばにいた私自身が、倒れ込みそうでした。金子の衝撃はどれほどだったでしょう？

実際、金子はずっと混乱していました。

「僕、本当に死んじゃうの？　ねえ、稚ちゃん、僕、死んじゃうの？」

人前に出る時以外は、金子はずっと泣いていました。

腫瘍が小さくなった！

２０１０年は金子にとって飛躍の年でした。『ホンマでっか⁉ＴＶ』（フジテレビ系）など、テレビのレギュラー番組は４本に増え、知名度も上がっていました。実際、仕事量は凄まじく、朝５、６時に起きてテレビ収録や講演に出かけ、夜12時に戻ってくる。その合間には、スーパーや家電売場の取材や、雑誌原稿の執筆。人の何倍も動き回っていました。

そして明けて２０１１年。本人の中では、「今年はさらに」という思いがあったはずです。それが、突如として打ち砕かれた。

ふたりして、専門書を読みあさりました。ウェブで海外の事情も調べました。可能な限り、有名大学病院の専門医の門を叩きました。でも腑《ふ》に落ちる言葉をかけてくれる医師には出会えませんでした。親身になるどころか、なるべくなら関わりたくないという対応ばかりでした。医者たちは一様に首を振るばかりで、門前払い同然。あの情けない思いは忘れることができません。

食事療法も試しました。

食事改善によって免疫力を上げることで、肺カルチノイドに対抗するのです。主食を玄米にしたり、毎朝特製の野菜&果物ジュースを作って飲んだり、考えられる限りのことにチャレンジしました。

何か体を動かすしかなかったんです。

ふたりで必死に、「プールの水を手ですくう」ことしかできなかったのです。

そんな時に、お世話になっていた先輩——正直に病気のことを伝えていた先輩から、大阪のゲートタワーIGTクリニックという病院を紹介されました。そこでは、血管内治療を行っていて、もしかしたら一縷《いちる》の望みがあるかもしれないということでした。

早速、8月に、ゲートタワーIGTクリニックの堀信一先生に会いに行きました。

堀先生に初めてお会いした時のことは、今、思い出しても涙が出てきます。初めてお医者さまに自分を受け入れてもらえた金子は、なかなか泣き止むことができないほどでした。

「やってみましょう！」

堀先生の前向きなひと言で、血管内治療が始まりました。

血管内治療は簡単に言えば、腫瘍に栄養を送っている血管をふさいで、腫瘍を兵糧《ひょうろう》攻めにする治療法です。栄養がいかないわけですから、理論的には悪さをしている腫瘍が小さくなる。これが金子に非常にマッチしました。

今でも覚えていますが、その年の12月18日のことでした。堀先生がニコニコとこうおっしゃるんです。

「金子さん、がんばりましたね。９センチもあった腫瘍が、３センチになりましたよ！」

実際、あれほどむくんでいた顔が──今から思えば、これも肺カルチノイドのせいだったのですが、すっかりむくみも取れ、体もほっそりしました。体にキレが戻った、と言ったらいいでしょうか。

もしかしたら治るんじゃないか。

無意識のうちに、金子も私も奇跡に期待するようになっていたと思います。


「働きたい！」


この当時、もうひとつ頭を悩ませていたのが仕事のことでした。

仕事は、金子にとって生き甲斐であり、心の支えでした。だから本人は、とにかく仕事に行きたがった。実際、金子のもとには、たくさんのオファーが届くようになっていました。やっとつかみ取ったチャンスです。やりたい、という気持ちはよくわかります。

でも、末期だと宣告されているのは、紛れもない事実です。

ゲートタワーIGTクリニックの血管内治療で、窒息するかもしれないという状態は脱しつつあったとはいえ、予断を許しませんでした。

とにかく体を休めてほしい。偽らざる思いでした。

「仕事やり過ぎだよ！」

と怒ったこともあります。

肺カルチノイドのことも、公表すべきだと言いました。公表すれば、周囲も金子のことをいたわってくれるのではないか。そんな打算もありました。

金子のマネージャーの宮下さんとも話し合いを重ねました。

宮下さんも当初は、病気を公表し、療養に専念したほうがいいという立場でした。

でも、強硬に「働きたい！」と主張し続けたのは金子です。金子は仕事が大好きな人間です。というか、大好きなことを仕事にしているのです。他人から必要とされることで、自信を得ているところがありました。仕事は生きていく上でのモチベーションであり、必要不可欠なものだったのです。

「仕事を辞めてしまったら、金子さんは精神的に落ち込んでしまう。闘病する気力すら、なくしてしまうんじゃないか」

これが、長いつきあいのマネージャー、宮下さんの意見でした。私はひとり、ぐずぐずと「休んでほしい」と言い続けていましたが、金子から仕事を奪ってはいけないということもわかっていました。

仕事を続けるならば、病気の公表はマイナスになる。宮下さんの考えでした。「終わった人」と見なされてしまい、仕事が減っていくことを危惧したのです。仕事が減っていけば、金子はさらに落ち込みます。だったら、公表は控えよう。これがこの時の判断でした。

しかし結果として、仕事は増えていきました。

翌2012年になると、げっそりとし始め、ネットなどでも「気持ち悪い」と叩かれるようになりました。

そこで、実際に肺カルチノイドとわかる前から症状があった、「睡眠時無呼吸症候群」を持ち出し、この改善のために、食事療法によるダイエットを敢行した、と金子は言い出したのです。

そのくらい、金子は仕事に対して必死でした。

埋め尽くされたスケジュール表

2012年になってから、金子が逝ってしまうまでの9か月間のことを、私はうまく思い出すことができません。

順を追って説明しようにも、さまざまな悲しみの記憶がフックとなって、別の感情に飛ばされてしまう。正直、整理がついていないのです。

ひとつだけ言えることは、私も金子も、非常に忙しい日々を送っていました。私自身も、仕事を続けていました。これは金子のたっての願いでした。自分は稚ちゃんに迷惑をかけっぱなしだ。これで、仕事まで犠牲にしたら、僕は何とお詫びをしていいかわからない。金子はそう言うのです。

私は当時、デザイン会社の役員をしていました。金子が望むとはいえ、さすがにフルタイムでは働けません。ですからこの時期は、企画会議やコンペに参加しながら――制作もせざるを得なかったのですが、徐々に、フェードアウトをはかっていたところでした。役員を正式に降りたのは、5月に入ってからです。

ちょうどその頃、私が東京に出てきて初めて勤めた出版社から、20年ぶりに声をかけていただき、拘束時間を短くするから働いてくれないかと言われたのです。私は、フリーランスに近い形で働くことにしました。私の中でも、収入を完全にゼロにしてしまう不安がありました。

闘病と仕事。

金子と私は、このふたつのことに全力で取り組んでいました。考えるのではなく、体をひたすら動かしていたのです。


以下は当時、ふたりで共有していたスケジュール表です。

6月の最終週のスケジュールを見て、改めて驚きました。


6月25日（月）哲雄／宿泊していた新潟県から帰宅。15時30分、カイロプラクティック。17時30分、野崎クリニック。

26日（火）哲雄／8時、ラジオ『武内裕之 That's On Time』（九州朝日放送）に電話出演。9時30分、がん研有明病院、13時30分、ラジオスタジオ収録。その夜、大阪に移動し宿泊。

稚子／11時30分、インタビュー。

27日（水）哲雄／9時から『かんさい情報ネットｔｅｎ！』（読売テレ

ビ）ロケ。その後、帰宅。
稚子／10時30分、○○○社打ち合わせ。11時45分、打ち合わせ。

28日（木）哲雄／10時20分、ラジオ『OH! HAPPY MORNING』（JFN）電話出演。11時30分、雑誌取材。14時、『ノンストップ！』（フジテレビ）打ち合わせ。15時、雑誌『レタスクラブ』取材。
稚子／15時、○○○社打ち合わせ。

29日（金）哲雄／11時、雑誌『女性セブン』取材。15時、野崎クリニック。
稚子／11時、デザイン依頼。16時、デザイン会社ミーティング。

30日（土）哲雄／17時30分、野崎クリニック。19時テレビ収録『リアルスコープZ』（フジテレビ）。

7月1日（日）休み

2日（月）哲雄／7時10分、ラジオ『垣花正　あなたとハッピー！』（ニッポン放送）出演。大阪に移動。15時45分、『かんさい情報ネットten！』（読売テレビ）出演。大阪宿泊。

3日（火）哲雄／8時、ラジオ『武内裕之That's On Time』に電話出演。9時、テレビロケ（朝日放送）。その後、帰宅。
稚子／14時、台割り打ち合わせ。

4日（水）休み

このように、7月の半ばまで金子のスケジュールはぎっしりでした。時々1日空いているのは、マネージャーの宮下さんが、なんとか1週間に2日の休み（まるまる2日間のオフか、それがダメなら1日は自宅から出ないで済む仕事に限定）を取らせようと、調整してくださったものです。

このスケジュールを見ても、6月の終わりから7月にかけての10日間で、休みは2日間だけでした。しかもこの期間中、自宅以外への宿泊（出張）が3日。テレビ、ラジオ、雑誌……と、本当に忙しい日々を送っていました。

私のほうも、なんとか仕事をやりくりしながら、金子の闘病に付き添うようにしていました。

このスケジュールの中に出てくる「野崎クリニック」は、ゲートタワーIG

Ｔクリニックの堀信一先生に紹介された病院です。当時はまだ窒息のリスクがあったため、東京での万が一の緊急事態に備える必要がありました。そこで紹介していただいたのが、医療コーディネーターの嵯峨崎泰子さん。そして、嵯峨崎さんが看護師として働くクリニックの院長が野崎英樹先生です。初めてお会いしたのは、２０１１年8月のことでした。

そしてこの「野崎クリニック」はもうひとつの意味を持っていました。在宅医療の体制を整えていたのです。振り返って今思うのは、私たちはこの時点で、すでに死というある意味でのゴールに向かって、同時に準備を始めていたということです。

しかし、どこかで私は奇跡を期待していました。はっきりとそう思っていたわけではありません。そんなこと、ないこともわかっていました。でも心のどこかで、「このままの生活が続くんじゃないか」と思っていたことも事実です。

7月の肺炎

スケジュール表は、7月13日からしばらく空白になっています。意識的に休んだのではありません。金子が肺炎にかかってしまったのです。

金子の病気は、肺カルチノイドです。

堀先生からも「肺炎になったら命取りだ」と散々言われていました。ところが、その肺炎にかかってしまったのです。

通常の肺炎患者に有効な薬も点滴も金子には効かず、しかもレントゲンを見ると、肺カルチノイドが広がったという可能性も捨てきれないとのこと。急遽、ゲートタワーIGTクリニックでオペを行うことになりました。オペは7月21日と決まり、前日から入院することになりました。

結果から言うと、肺カルチノイドは悪くなっておらず(むしろ肺の腫瘍は小さくなっていました)、束《つか》の間ホッとしたのですが、この日を境に、金子の体力はみるみる落ちていきました。

それでも金子は、金子にとっての「日常」を送ろうとしていました。金子なら必ずやること――そう、近くのスーパーやショップのチェックです。術後、入院を余儀なくされたのですが、入院中、金子が、「外に出たい」と言い出したのです。

ゲートタワーIGTクリニックは、りんくうタウン駅に隣接したビルの中にあります。つまりここ一帯が「りんくうタウン」なのです。

金子は、「りんくうプレミアム・アウトレット」に行きたいと言います。そこに増設された売場とフードコートを見に行きたい、と。ここでも、仕事の虫が騒ぐのです。せっかくここにいるのだから、自分の目で確認したい。金子の気持ちはよくわかりました。

病院からは「状態さえ良ければ、外出ＯＫ」と言われていました。そこで、先生の許可を取り、金子の望む「りんくうプレミアム・アウトレット」に向かうことにしたのです。

病院のビルから見ると、このアウトレットは、駅を挟んだ反対側にあります。普通に歩いて、10～15分の距離でしょうか。

ところが、こんなわずかな距離を、普通に歩くことができません。いったい何度腰を下ろして休んだことでしょう。見るに見かねて、「タクシーに乗ろうよ」と提案したのですが、意地でも歩いて行きたいと言います。「引き返そう」という言葉を、何度も口にしました。でも、金子は首を振ります。

「絶対に行く」

結局、わずか10~15分の道のりを、1時間半かけてようやくたどり着きました。

「りんくうプレミアム・アウトレット」の増設部分は端から端まで、ざっと見たところ、100メートルぐらいでした。ところが、この距離を金子は歩けないのです。

足が思うように動かない。どこかを見て回るなんていう体力はもうなくなっていました。

私たちは休み休み、また気の遠くなるような時間をかけて、いちばん近いタクシー乗り場まで歩き、タクシーで病院に戻りました。

肺炎での入院後の、自分自身のスケジュールを改めて見てみると、まだ心に落ち着きがあることがわかります。7月末には、美容院や買い物にも行っているんです。まだ、身だしなみに気を遣う余裕があったようです。

金子の体力は、3月の肺気胸による入院、そして今回の肺炎での入院を経て、思った以上に弱っていきましたが、それでも、腫瘍が小さくなっていたという事実に、ふたりとも気をよくしていました。

ところが8月に入っても、肺炎が完治しないのです。かかってから1か月近く経っているというのに、その状態が改善しないことに、金子はショックを受けていました。

体力的に、ロケや取材に赴くことは不可能になっていて、受けられる仕事は、電話出演や電話取材だけになっていきました。

8月の7日から21日までの、2週間分の金子のスケジュールを書き出してみます。

8月7日（火）　8時、ラジオ『武内裕之 That's On Time』（九州朝日放送）

に電話出演。15時、雑誌『ベストカー』電話取材。

8日（水）14時、雑誌『ａｎａｎ』電話取材。

9日（木）14時、パソコン雑誌電話取材。

10日（金）14時、雑誌『マネーポスト』電話取材。16時、雑誌『Ｍａｒｔ』電話取材。

13日（月）7時10分、ラジオ『垣花正　あなたとハッピー！』（ニッポン放送）出演。

14日（火）8時、ラジオ『武内裕之 That's On Time』に電話出演。

15日（水）14時、雑誌『女性セブン』電話取材。17時、新聞『日刊ゲンダイ』電話取材。

16日（木）15時、新聞『東京スポーツ』電話取材。

17日（金）13時、雑誌『ゲイナー』電話取材。

21日（火）8時、ラジオ『武内裕之 That's On Time』に電話出演。


病気を隠してまで、仕事に邁進《まいしん》していた金子のスケジュール表が、もうこの頃は空白だらけです。わずか13件の仕事しかしていません。

しかも見てもらえればわかる通り、ほとんどが電話取材です。もう、外に出る体力も気力も、なくなっていたのです。何より、酸素濃縮器がなければいられない状態でした。

夕方、私が仕事から戻ると、夕日が差し込む部屋で、ぐったりとうなだれてベッドに座っている姿を何度も見かけました。少しでも体力を戻そうと、7月にはエアロバイクを買って、肺炎になるまでは一生懸命こいでいましたが、8月も半ば近くなってくると、その気力も湧かないようでした。

結果的に最後になってしまった外出しての仕事は、8月13日のラジオ『垣花正あなたとハッピー！』（ニッポン放送）への出演でした。

きれい好きの金子は、朝5時半から起き出し、時間をかけてシャワーを浴びました。好きこのんで時間をかけたのではありません。時間がかかってしまうのです。

そして酸素ボンベを転がしながら、スタジオに向かいました。スタジオに酸素ボンベを持ち込み、鼻に管を通した状態で生出演したのです。仕事を最後までやり遂げるという、金子の最後の意地でした。

事務所と金子の間では、雑誌連載は8月をもって辞めるということで、話がまとまっていました。「休載」という形でした。

これも金子のプロ意識がなしたことでした。金子の中で、体力的に執筆を続けていく自信がなくなっていたのです。連載に穴を開けることは、金子にとっては許されないことでした。たとえ、その雑誌や担当者が許してくれたとしても、金子本人が許さないのです。

だったら、雑誌連載はすべて辞めよう。

それが金子の出した結論でした。

ただし、本当にすべてを辞めてしまうと、金子は生きる支えを失ってしまいます。いろいろ話し合った結果、金子のことを最初に掲載してくれた全国誌――『女性セブン』だけは事情を話した上で続けることにしたのです。

負けて2位なら、勝って3位のほうがいい

２０１２年の夏は、ロンドンオリンピックの年でした。

私が最初に勤めた出版社も言ってみればスポーツ系でしたし、その後、所属していたのは、サッカーカメラマンの大御所の写真事務所でした。私はその方を、今でも「東京の父」と慕っていて、金子もその方の事務所の近くに仕事で行く時は、必ずあいさつに寄ってくれていました。

スポーツに縁のなかった金子ですが、そんなこともあって、少しずつ興味を持つようになってくれたようです。

暑い夏の夜、私たちはよく、ふたりしてロンドン五輪の中継を観ていました。体がつらくて眠れなかったこともあったでしょう。でも、水泳も柔道もレスリングも、金子はずっと観ていました。

「こんなにスポーツ観戦したのは初めてだよ」

と時に笑いながら。私も一緒に、応援しました。

特に力を入れて観戦したのはサッカーです。

サッカーは私にとって関わりの深いスポーツですが、そうしたことを金子も理解してくれていたのでしょうか。日本代表の試合が行われた後は、それまでほとんど食欲がない日々だったのに、突然ご飯をたくさん食べることもありました。

スポーツが、そのプレーが、人々に勇気と力を与えると、私はさんざん原稿にも書いてきましたし、記事にもしてきましたが、本当にそれは事実でした。金子の姿がそれを物語っていました。そして、与えてもらった勇気と力は、看病している家族にも伝わってきたのです。

応援の甲斐あって、ロンドン大会では、男女ともサッカーが躍進しました。

女子のなでしこジャパンは、初めての銀メダルでした。前年のワールドカップで初優勝を果たしていたとはいえ、決勝の相手のアメリカは、世界最強のチームです。しかも今までは、北京オリンピック（2008年）の4位が最高で、メダルすら獲得したことがなかったのです。

そしてU－23のサッカー日本代表は、惜しくも3位決定戦で敗れてしまいましたが、下馬評をくつがえしての堂々の4位でした。

なでしこの決勝が終わった後のことです。

金子が何気なくつぶやきました。

「これなら、3位のほうがよかったかもしれないね」

日本中が喜んでいる時に、1位になれなかったことをとやかく言うのではなくて、「3位になったほうがよかった」というのです。私は意図がわからず、聞き返しました。

「日本の経済のことを考えたら、『負けて2位』っていうよりも、『勝って3位』のほうがよかったと思うんだ。だって、最後に勝ったほうが、勝利に気分が高揚して財布のヒモが緩むからね」

ベッドの上で動けなくなっているのに、そんなことをサラッと言うのです。

金子は、病に倒れても、やっぱり金子だったのです。

危篤、そして奇跡的な回復

私の中にあった、「奇跡」を望む気持ちが、決定的に打ち砕かれたのは、8

月22日のことです。朝、金子が突然苦しみ始め、

「もうダメだ」

と言ってくるのです。呼吸状態の突然の悪化でした。すぐに、金子のマネージャーの宮下さんと、嵯峨崎さんに連絡を取りました。野崎先生も駆けつけてくださり、考え得る限りの処置をしてくれました。

そして、奇跡としか言えないことが起こりました。医学的にも説明がつかないと医師からも言われました。金子が、回復したのです。

ここから先は、人生で最も濃密な時間が始まりました。もちろん、この時はそんなことを思う余裕もありませんでしたが、振り返ってみると、金子が一時危篤状態に陥った後、回復してからの約40日間は、すべてが凝縮された時間でした。

危篤状態から回復したとはいえ、予断を許さない状況でした。ですが、病院に入るということは、金子の考えにはまったくありませんでした。

金子は、手術で入院するたびに、入院を早く切り上げようとする人でした。

肺炎になった時でさえ、

「僕は入院したくない。自宅で何とかできませんか?」

としつこくお願いしたくらいです。

金子は、宣告を受けたあの日から、彼なりの覚悟を固めてきたのだと思います。自分にとって大切なことは何か。それは、最後まで自分らしく生きることでした。彼にとっては、入院することは、自分ではなくなることと同じ意味でした。

私は危篤以降、金子の側から離れないと決めました。

他人を気遣うゆえのシャワー

金子の場合、サポートをいちばん必要としたのは、トイレと入浴でした。

金子は溲瓶《しびん》を使うことがいやだったようで、ベッドの上で溲瓶を用いたのは、たった1回だけでした。溲瓶を用いるにしても、ベッドの脇に立ち上がって行いました。それでも、溲瓶を使った日数は、合計で2、3日です。

危篤以後は、歩くことがかなりつらくなっていたので、部屋の中でも、キャスターの付いている椅子を使って移動していました。私がそれを押して、トイレや浴室に連れて行くのです。

トイレに腰をおろす時に、少しだけ介助します。しているところをずっと見ているわけにもいかないので、視野から外れた、すぐ近くで待機します。

というのも、金子にとってトイレで用を足すことは、大変な作業だったのです。大でも小でも、血圧の小さな変化で呼吸が苦しくなってしまうのです。便器に立ったり座ったりするだけでも苦しくて、さらに用を足している時も苦しくなる。トイレという行為自体が、苦痛だったのです。

だからといって、体にとって楽な、ベッドの上での溲瓶を選択しないのが金子でした。金子がこだわる「生活のクオリティ」だったのです。

お風呂もそうでした。

金子はもともと、潔癖症と言っていいぐらいのお風呂好きでした。元気な頃は、朝晩のシャワーを欠かさなかった人です（夏、自宅にいると、それが、3回、4回に増えました）。だから、風呂が1日1回だけというのは、本人にとって相当なストレスでした。

だから金子は、毎日、歯を食いしばってシャワーを浴びに行きました。トイレの時と同じように、キャスター付きの椅子に座った金子を、浴室まで連れて行きます。浴室には、高さ30～40センチの椅子を置いていて、そこまで何とかがんばってたどり着きます。この時点ですでに息も絶え絶えです。シャンプーしている時は、どうしても頭を下げますが、下を向くだけで、金子は息が苦しくなってしまうのです。シャワーを終えるのに、金子も私もへとへとになりました。

それでも、こうした日常生活に、他人の手が入ることを、金子は望みませんでした。いわゆる介護用品など、自分の日常になじまない道具を使うことも嫌がりました。自分の大切な空間と時間を守ることも、金子にとっての「生活のクオリティ」だったのだと思います。

最後の数日間は、もう浴室に向かう気力も体力も残っていませんでしたが、それまでは毎日の入浴を欠かしませんでした。

人が家に訪ねてくるという日はもっと大変でした。

身だしなみに気を遣う金子です。白シャツに白パンという病人スタイルでしたが、本人は非常に気を遣っていました。失礼があってはいけない、と言うのです。

例えば、13時に来客があるとします。

金子は逆算して、準備を始めます。

まずは、2時間前にベッドから起き上がります。ほとんど寝たきりですから、起き上がるだけでひと苦労です。2時間前に起きる、というのは、2時間前に起きよう、とチャレンジをスタートするということで、実際には、それからずいぶんかかってしまうのです。

起き上がると、まずはトイレに行って用を足します。そして出てきた後、30分ほど休んで次はシャワーです。最初は、10分で済んでいたトイレでしたが、それが15分になり、20分になり、30分になり……とどんどん時間がかかるようになっていきました。

そうなると、トイレに時間がかかる分、もっと早く始動しなければいけません。これがつらいのです。だから終《しま》いには、トイレを省略して風呂だけ、という日が増えてきました。

単純に、決まった時間に起きて、トイレやシャワーを済ませてしまえばいいじゃないか。こんなふうに思う人もいるかもしれません。でも、本人にとっては、起き上がることが相当な重労働です。ある時など、早めに準備が終わり、時間を持て余してしまいました。ベッドに戻ると、そのまま倒れ込んでしまいます。人と会うことは金子にとっては仕事のひとつでしたから、その緊張感が続かないのです。

薬に関しては、金子はそれほど手を煩わせませんでした。

薬に敏感な体質で、でも副作用も人よりも強く出てしまい、そういう意味では大変でした。でも自分で意識して、薬の量を自分の体調に合わせてコントロールできる人でもありました。意識もしっかりしているから飲み忘れもない。痰《たん》を取らないといけないとか、そうしたケアも必要ありませんでした。

ただ痛みがひどくなることもあって、そういう時は私が嵯峨崎さんに連絡を取って相談しながら、薬の量や種類を調整したり、症状が深刻なときは対処方法の指示を仰ぎながら、往診の手配を整えたりしました。

金子は肺の病気だったので、酸素も手放せません。酸素は与えすぎて悪いということではなかったので、私はただ、酸素濃縮器の手入れ——といっても、ちょっと水を差したり、掃除したりという家事の一環でできることをしました。この酸素濃縮器、最初は1つでしたが、最後には2つを連結して使用しなくてはならない状態になっていました。

思いがけない訪問者

危篤状態から奇跡的に回復した8月23日。思いがけない訪問者がありました。

その日、金子はたくさんの打ち合わせをすることになっていました。朝イチから葬儀について、昼過ぎからは1か月前に約束していた税理士の先生と、そして午後には公正証書遺言を作成するために、公証人や弁護士の先生が来ることになっています。

葬儀会社の方が来たときには、すでにベッドの上に起き上がっていて、とても昨日危篤になった人間とは思えないほど、精力的に打ち合わせをこなしました。

「少し休もうか？」

葬儀会社の方やマネージャーの宮下さんがお帰りになった後、私はさすがに声をかけました。興奮しているとはいえ、昨日の容態を考えたら、すぐにでも休んでほしかったからです。

「そうだね。少し横になろうかな」

金子が横になるのを見届けながら、お茶やお菓子など、私はお出ししたものを片付け始めました。

そのとき、チャイムが鳴りました。

「忘れ物かな？」

インターフォンに出ました。

「ニッポン放送の垣花です。ご自宅に突然申し訳ありません」

耳を疑いました。垣花正さん？　あの、垣花さんなの？

「ええっと、か、垣花さん……ですか？」

「はい。突然申し訳ありません」

「えっ、本当に垣花さんですかっ？」

「はい。ニッポン放送の垣花です。突然申し訳ありません」

あまりに驚いて、何度も名前を聞き返してしまいました。

そして、すぐに寝室の金子に声をかけました。


「哲ちゃん、ニッポン放送の垣花さんがいらしてくださった……」

「えっ！　垣花さんが⁉　本当に⁉」

金子はベッドから飛び起きました。

そのお名前を冠した番組も持つ、ラジオ局の名物アナウンサーです。ノーアポで、さらにご本人自らが、来られるなど想像できることではありません。

当然、金子もベッドから飛び起きるほどに、驚いていました。

玄関のドアから入ってきた垣花さんは、しかも一人でした。お見舞いのお菓子を手に、神妙な顔をして「突然申し訳ございません」と繰り返します。

私はすぐに寝室にご案内しました。

お茶と頂戴したお菓子を寝室に運ぶまでの間、垣花さんと金子がどんなことから会話をスタートさせたのかはわかりません。

私が寝室に入っていったときには、すでに金子は泣きながら話をしていました。

息が苦しいはずなのに、いつものようなスピードで、ずっと話し続けていま す。

時折、咳き込むので、背中を叩いたり飲み物を渡したりしましたが、その間も、垣花さんはずっと金子に耳を傾けていました。

何も話しません。

相づちさえ……、私には記憶がありません。

垣花さんは、息すらしていないように見えるほど、全身全霊で金子に向き合っている。金子の声なき声も聞こうとしている。

私はそう感じました。

次の約束である税理士の先生がいらっしゃいました。

気がつけば、もうそんなに時間が経っていた……。驚きました。

「稚ちゃん、なんで垣花さんは来てくれたのかな？」

「稚ちゃん、垣花さんは僕の話を真剣に聞いてくれたね」

「稚ちゃん、垣花さんは、僕の話をたぶんわかってくれたと思う」

垣花さんがお帰りになった後も、そして、その翌日も、その翌々日も、金子は何度もそう言いました。

肺炎になり、家から出られなくなると、金子は人の訪問をシャットアウトしはじめました。

なぜなら、「がんばれ」や「あきらめるな」という言葉を聞きたくなかったからです。

事実上の死を宣告されてから、闘病し、仕事も両立させ、自分自身の力で苦しみあがきながら到達した今の心情を、そうした言葉で否定されたくなかったのでしょう。

周囲の人が言う「がんばれ」や「あきらめるな」とは、すでに金子はまったく違う次元にいました。

「申し訳ないとは思う。でも、僕の今のこの気持ちを理解しろっていう方が無理だと思うんだ」

「わかってほしい」、最初はそう思って一生懸命説明していた金子は、この頃にはもうあきらめていたのです。そんな体力も残されていませんでした。

そんなとき、思いがけず、垣花さんが来てくださったのです。

そして、１００％のありのままの金子を、そのまま丸ごと受け止めてくださった。

金子の話を聞き漏らすまいとするその思いが、金子の中の何かを変えたのかもしれません。

「最後に本を出したい」

垣花さんの思いがけない訪問から数日後、金子はそう言い出しました。

もちろん私は、何の迷いもなく、その考えに賛成しました。

最後の本

8月の残り1週間のスケジュールを見てみると、たったひとつだけ記述があります。

8月30日(木) 最後の単行本に向けての打ち合わせ。

この単行本というのが、金子の最後の著書『僕の死に方 エンディングダイアリー500日』（小学館）です。

これが、金子自身が「最後に残したい」と言い出した本です。

この頃、金子は『女性セブン』以外の仕事をお断りしており、本当にごくたまに、スポットでのコメント取材を求められるだけでした。テレビからもラジオからも、姿を消していました。

仕事を生き甲斐――というより、仕事を「薬」にして生きていた金子です。仕事は、金子を痛みから解放してくれていました。身体の痛みも、精神的なつらさも、仕事に没頭していると忘れることができる。

打ち克とうと思っても、病気にはやられっぱなしです。でも、やられっぱなしの自分を見ているだけの人生は送りたくない。仕事は、金子にとって唯一、自分のペースでアクションを起こしていく時間だったと思います。死を待つだけの身から、目的のために行動する自分へ。金子にとって、仕事は、自分のモードをチェンジする大切なツールだったのです。

一方で、その「目的」をなくしてしまった後は、いつ死んでもおかしくない。そう感じてもいました。

金子も自覚していたのでしょう。

「最後に本を出したい」

垣花さんの訪問からも力を得て、そう口にしたのです。すぐに事務所の宮下さんに相談しました。

宮下さんの答えは「NO」でした。

金を儲ければ何でもいい、という事務所なら、ふたつ返事でOKだったかもしれません。でも、オフィス・トゥー・ワンは信念のある事務所です。金子の「死」を商売にすることに、絶対的な反対があったのです。しかも金子は、どう死んでいったかを書きたいと言いました。つまり、死後の出版を想定しているのです。

本を出版することはまるで、金子の死を待っているようではないか。そんな死を期待するような仕事をしたくない。それが宮下さんの考えでした。それに、金子が死後に自分の死を利用したと思われるのではないかとも気にしていました。普段自分の感情をあまり表に出さないけれど、金子と同い年の宮下さんは、鹿児島出身の熱い人です。宮下さんは、金子の名誉を守ろうとしてくれたのです。

でも私にすれば、本の執筆が最後の支えになることがわかっていました。死んでいくことがわかっているのに、思いを残したまま、逝かせたくなかった。このまま後悔させて、死なせるわけにいかない。

金子と心光院——金子が眠っているお寺のご住職、戸松義晴先生との会話が耳に残っていました。

危篤状態に陥ったあと、8月27日の夜のことです。金子は死んでからお世話になることになった、戸松義晴先生と自宅で話をしていました。

「戸松先生、僕……、ちょっとやりすぎちゃいました。仕事をしすぎちゃったのかもしれません。仕事って、僕にとっては薬だったんです。仕事を一生懸命やっていれば、病気が治ると思ってきたんです」

翌日、「昨日の発言は撤回する」と言っていましたが、「仕事＝薬」は、金子にとって本音だろうと思いました。その薬を奪ってしまえば、金子はもっと弱ってしまう。

私は宮下さんに電話し、「どうしても本を出したい」と訴えました。どちらも譲れません。お互い、電話口で相当に声を張り上げました。

私も宮下さんも「金子のために」と思ってのやり合いでした。最後に、宮下さんが折れてくれました。

「そこまでおっしゃるなら、あくまで流通ジャーナリスト・金子哲雄として、いい本を作りましょう」

その時は知りませんでしたが、宮下さんは事務所に断りを入れずに、GOサインを出して編集者に連絡をしていたのでした。宮下さんの決断がなかったら、金子が残したかったあの本、『僕の死に方』も誕生していなかったでしょう。

「1日が長い」という苦痛

これは金子の死後に、医療系のセミナーで、あるチャプレン（教会や寺院に属さないで、老人施設やホスピスに関わっている聖職者）の方の講演で知ったことですが、死を迎えようとしている人たちから聞こえてくる声で、いちばん多いものは、「死への恐怖」ではないそうです。

多くの患者さんを看取ったそのチャプレンの方が言うには、

「1日が長いという苦情がいちばん多い」

死を迎えようとしている人たちにとって、1日は、苦痛に満ちた時間なのです。だからそういう方に向かって、

「もうこれ以上、やらなくていいよ。ゆっくり寝てなよ」

と声をかけることは、最後まで苦しみとだけ向き合い続けろと言っているのと同じだったのです。

では、どうしたら苦痛から逃れることができるのでしょう。

それは、別のことに打ち込むこと――楽しみや喜びを見出すことと言い換えられるのかもしれません、それが少しでも救いになるのです。

金子の場合、それが本の執筆でした。

編み物をする方もいるでしょう。手紙を書き続ける方もいるかもしれません。

昔、たくさん残していた魚拓を持ってきて、看護師さんにその時の釣りの様子を語った方もいたそうです。

終末医療に携わっている方の中には、上手にそれを促す人もいます。

例えば、「絵なんかどうですか?」と軽く振ってみたら、その人の目つきが変わった。それを見逃さずに、色鉛筆やスケッチブックをそれとなくベッドの横に置いてみたそうです。すると、その患者さんは取り憑かれたように絵を描き始め、最後まで鉛筆を手放さなかったそうです。

死の直前に、「人生をどう生きてきたか」が出てしまうのです。きっと、それがたくさんある人は、最後になっても、人生を楽しみながら終えることができるのかもしれません。

金子にとっては、それが執筆でした。そして、自分の葬儀のプロデュースも、いわば「魚拓」や「スケッチ」のようなものでした。

金子は、8月22日の危篤以降、遺言の準備や、墓の手配、葬儀業者との打ち合わせ……と、あらゆることに対し、行動を開始しました。こういう言い方はおかしいかもしれませんが、その時の金子は、何だか楽しそうだったのです。

「僕が仕切る！」

といきいきしていました。

執筆に、自分の葬儀のプロデュース。「やりたいこと＝やること」がふたつもあった金子は、幸せだったのかもしれません。

パートナーのことを理解できていたか

私にとって、最後の40日間は、自分と金子との関係が試され続けた時間でもありました。

夫婦って、何も問題のない時には、自分たちの関係のことをあまり顧みません。

同じ夫婦喧嘩をするにしても、本音をぶつけ合って、そこから新たな関係を構築できる夫婦もいれば、感情だけをぶつけ合って、お互いの本心に無関心な夫婦もいます。いろいろな夫婦の形はありますが、でも、最後の最後になって、その人のことを理解していたかどうかが、大切になってくると思うのです。

私たち夫婦は、在宅での終末医療を選びました。

そこで大切なのが、金子の「快」「不快」の感覚でした。

在宅で金子を見守り始めた時、考えたのです。

「金子の『快』ってなんだろう？　『不快』ってなんだろう？」と。

金子は外で食事をすると落ち着かないという、極端な家好きの人間です。自分の心地よいもので囲まれた空間にいたい人です。だから「家で死にたい」と言われた時には、すぐに「そうだろうな」と思いました。

でも、そう思っていても「言えない」場合だってあると思うのです。在宅に付随するいろいろなことを考えたり、看取る相手を気遣ったりして、家で死にたいのにそう言い出せない。在宅を選んだ金子も、「稚ちゃんにすまない」と、何かあるたびに自分を責めていました。病人だって、自分の選択が相手に負担をかけることはよくわかっています。

そんな時に、相手のことをわかってあげられていたら、

「この人は病院でいい、と言っているけれど、本心だろうか？」

と慎重に行動するはずなのです。

本人の言葉通りに周囲が行動することが、本人の希望通りとは限らない、ということです。その人が本当は何を欲しているのか。何をしてほしいのか。どうしたいのか。それを、家族だけではなく、周囲にいる人が、本人と一緒になって見つけていく努力をしないといけないと思うのです。

私が20代の時に仕事をご一緒した、ある男性編集者の方の話です。

その方は、奥さまを看取るのに在宅を選びました。でも、ただでさえ忙しい編集者の身です。それはとても大変なことでした。

そのうちに、奥さまは食事が喉を通らなくなってしまいました。すると訪問看護師が気を利かせて、栄養剤――チューブドリンクを持ってきたそうです。しかもひと箱。

「こんなものを、妻の前に出さないでください！」

思わずその方は、声を荒らげてしまったそうです。

奥さまは、栄養が偏《かたよ》りがちなご主人のために、心をこめて料理を手作りする方だったそうです。料理することを、非常に大事にしていた。食べることが大好きで、食に細心の注意を払っていた人に、無造作にチューブドリンクを与えようとする。それで思わず大きな声を出してしまったというのです。看護師さんに悪気があったわけではないでしょう。良かれと思ってのことです。でも、関係の深さが違った。

以来、その男性編集者は、仕事を調整して――いろいろな軋轢《あつれき》もあったと思いますが、三度三度、奥さまに手作りの料理を食べさせ続けたそうです。

食べたいものを食べさせる

金子の病気が発覚した当初は、「体にいいものを」と思って、さまざまな食事療法を試しました。

でもすぐに気づいたんです。これを食べろ、あれを食べろと強制することは、実は金子に負担をかけているのではないか、と。

ただでさえ、ストレスがあるのです。体の痛み、弱っていく自分に対する苛立ち、思うように動けないつらさ……。そのうえさらに、食事まで強制され始めたら、逃げ場がなくなります。

金子は、健康な時から「食べたい物しか食べない」というこだわりの人でした。いくらこちらが腕によりをかけて凝った物を作っても、食べたくなかったら食べない。はまってしまった甘い物を隠れてこっそり食べていることもありました。

その代わり、

「そろそろグラタンが食べたい！」

と言い出したかと思うと、「どうしても食べたいから、今日あたり作ろうと思うけどいい？」と、私のスケジュールに合わせて自分で作ってくれる人でした。

闘病が進んでいくと、なおさら、食へのこだわりが強くなりました。例えば突然、「ソース焼きそばが食べたい」とか、変わったことを言い出すんです。最後に作ってあげた料理は、金子のリクエストで「静岡おでん」でした。

野菜ジュースは、食事療法の一環で始めましたが、これも「飲みたい？」と金子に確認しました。「飲みたい」と言う限り、出す。どの野菜と果物を入れたいかも、提案したうえで、ひとつひとつ金子に確認を取っていました。

真夜中にアイスを食べたいと言い出したこともあります。

果物ばかり、1日4回食事をとったこともあります。

深夜にぶどうを探しに行ったこともありました。ぶどうを買ってきても、食べられるのは3、4粒です。でも、金子が「食べたい」と言い、それに応えてあげられることがうれしかった。

金子には「明確な意思」がありました。

今思えば、それはありがたいことでした。

「こうしたい」「ああしたい」と言ってくれるから、それに応えようとすることができる。

逆に言えば、それが「この世に残してしまう人」に対する、金子の優しさだったのかもしれません。

最後の気遣い

今は確信しています。

先に逝ってしまう人が最後にできることは、愛する人にわがままを言うことだ、と。「してあげられる」ことを、用意してあげることだ、と。

真夏に雪が見たい、とか、そんな無茶苦茶な要求をしろと言ってるのではないんです。「あれが食べたい」でもいい。「家で死にたい」でもいい。自分の本音を少しでも伝えてあげる。そのことに、看病している側は、安心するのです。

私たちの場合は、金子が「傍にいてほしい」と言う人でした（それでも、私に仕事を辞めさせてしまったことを悔いていましたが）。だから、最後の40日間は、ずっと傍らにいました。

なかには、「仕事を優先してほしい」と望む人もいるでしょう。「他の人に迷惑をかける君（あなた）を見ていたくない」と思う人もいるはずです。

いろいろな形があっていいし、正解があるわけではありません。でもふたりの関係――夫婦だったり、親子だったりするでしょうが、それが、凝縮された形で、最後に出てくるのだと思います。

金子は、「自分の世界」を大切にしていた人でした。私はきっと、その中に入れてもらっていたのでしょう。私たちふたりの「日常」こそ、金子にとってのかけがえのないものだったのかもしれません。

だから、金子の側につきっきりになっている私に向かって、「日常の暮らしを送ってほしい」というようなことを言うのです。

金子と違って、私はお風呂が好きじゃありません。そういうことを面倒くさがってしまう。極端な話、2、3日入らなくても平気です。きっと、未開の地でも生きていける。

金子は、自分が病気になってもそういう私を心配し続けてくれました。

「稚ちゃん、お風呂入った？」

自分のことじゃなく、私のことを心配してくれる。金子にとっては、それが「日常」でした。自分が気をかけ、自分が守る相手がいる。そしてそうすることで、自分自身に納得する。

テレビドラマもそうでした。

この頃、私はある時代劇にはまっていました。日曜の23時からNHKでやっ

ていたのですが、そのことを金子は絶対に忘れないのです。時間になると、ベッドの脇にいる私に向かって、

「稚ちゃん、始まるよ。観たら？」

金子がまだ元気な時は、金子が寝ている寝室で一緒に観ました。テレビを観ること自体がつらくなってきた後半は、リビングでひとりで観るようにしていました。

9月30日の夜もそうでした。

亡くなる前日の晩です。

「稚ちゃん、ほら始まるよ。観に行きなよ」

金子は最後まで、私を気遣ってくれたのです。金子は優しい人でした。

*

金子が向こうの世界に行ってしまってから先のことは、『僕の死に方』の「あとがき」で書いた通りです。

私は金子が用意してくれたレールに乗って、通夜や葬儀を執り行いました。言うなれば、代行ですね。まるで自分じゃない私が、動いているようでした。

この時点で、私は走り切っていました。

金子との併走です。最後の1か月で、私は何十年分にも相当するような濃い時間を、金子と一緒に過ごすことができました。

これは私の誇りです。

第3章

死後のミッションを遂行する

——新しい自分に出会うために

金子が亡くなった直後のことは、ところどころ記憶が飛んでいるのですが、ずっとひとつのことが頭にありました。

金子が決めたことを始めなくてはいけない。

私はこの言葉を頭の中で繰り返しました。そして今でも、繰り返しています。

金子はご存じの通り、自分の葬儀の内容を詳しくプロデュースしていましたが、誰かがそれを代行しなくてはいけません。それはもちろん、私の仕事でした。そしてその他にも、金子はさまざまなミッションを、私のために用意してくれていたのです。

ここからは、金子哲雄が向こうの世界に移ってしまってからの、私が金子のミッションを遂行した記録です。

ふっくらした頬、笑みをたたえて

金子は、自分の死期を悟っていたのでしょうか。

亡くなるその日、10月1日に、葬儀会社・セレモニーみやざきの宮崎美津子社長と事務所の宮下さんと病床で立て続けに会い、最後の相談を済ませました。すべてを、ある意味、人生のすべてをプロデュースし終えた金子は、満足したのかもしれません。その日の夜、静かに息を引き取った金子の表情は、微笑んでいました。実は病気のせいでやつれていたのですが、最後の何日かで顔がむくみ始めていたんです。そのせいで、いい感じに頬もふっくらして、そして笑みもたたえていました。

「金子さん、満足して亡くなられたねぇ」

と駆けつけた野崎先生が思わず口にしたぐらい。

ああ、金子は自分の体を使って、最後のプレゼンテーションをしているんだ。私は確信しました。金子は最後の最後まで、自分にできることを徹底しようとしたのです。

すぐに野崎先生は死亡診断書を書いてくださいました。

死因は「肺カルチノイド」。

この病名を広く世間に知らしめたいという金子のたっての希望です。

「金子さんは本当に何から何まで……」

同じく来ていただいた嵯峨崎さんは、金子の徹底ぶりに、涙が止まりませんでした。

私自身は、もうお別れを済ませていましたし、泣いている余裕はありませんでした。それに、金子はもうここにいません。私のすることはひとつ。金子が決めたことをやらなくてはいけない。それだけです。

金子が亡くなったその日の深夜に集まってくれた皆さん――事務所の宮下さん、野崎先生、嵯峨崎さんに、お茶とお茶菓子を出しました。金子なら、絶対に「お出しして」と言ったはずですから。

金子を運び出して安置場に移し、宮崎社長に引き継いで家に戻ってきた時には、すでに朝の8時を回っていました。

金子からは、自分の死を誰に連絡すべきか、リストを渡されていました。金子が生前、お世話になった友人や知人です。仕事関係は、宮下さんが一手に引き受けて、連絡を取ってくださいました。

金子の病名は、本当に一部を除いて、伏せていました。友人にもです。金子が亡くなったことを電話で連絡しながら、宮下さんとの打ち合わせ通り、「後ほど正式に公表しますので、まだ黙っていてください」とお願いしました。

私も混乱していたんだと思います。今なら、どうして情報を伏せておくようにお願いしたのかわかりますが、この時の私はどこかでピンと来ていなかった。

金子は病気を隠して仕事をし続けていました。重大な情報を伝えていなかった、ということは、仕事先に対して非礼で仁義に反したやり方です。だから宮下さんとしては、正式なリリースを出す前に、きちんとあいさつすべき仕事関係者に、「リリースより前に、電話で直接情報を伝える」という手段で、仁義を切っていたのでした。

通夜の席の涙の意味

8月22日に危篤状態になってから、10月1日の深夜に亡くなるまで、私はものすごい緊張感の中にいました。

それは濃密な時間でした。

一方で、睡眠はまとまってとれず、1日2~3時間というのがせいぜいでした。亡くなった直後からは、葬儀の準備や連絡に追われ、テンションはずっと高いまま。自分が寝たのか、寝ていないのか、そんなことも忘れてしまうぐらいでした。でも、周囲からみると、フラフラに見えていたんですね。

嵯峨崎さんがすぐに野崎先生に相談してくださり、「ビタミン剤（俗称・ニンニク注射）を注射しましょう」と言われました。

「金子さんもニンニク注射をよく打っていたけど、稚子さんもこれを打てば少しは元気になるから」

通夜の当日、喪服で野崎クリニックに行きました。

金子とも何度も通ったクリニックです。

ああ、ここだ。ここに金子も座って診察を受けていたんだ……。

診察室に入った瞬間、緊張の糸がほどけました。気がつくと、涙で床が濡れていました。

通夜の席で、私は泣いていました。

でも、私じゃない人が泣いているという感覚だったのです。金子が泣いている。そう思いました。

「どうせ僕の葬儀なんて、そんなに来ないよ」

あんなふうに卑下していたのに、実際はこんなにたくさんの1300人を超える人が集まってくださっている。

哲ちゃん、良かったね。好かれているよ。皆さんからちゃんと愛されていたんだね。

皆さんに集まっていただいたのが、ただただうれしくて、ありがたくて。そして皆さんの涙を見て、思いがいっそう伝わって来て。

温かさがうれしかった。その温かさに涙が出ました。金子がいない。その現実を悲しんでいたんじゃないんです。皆さんの気持ちに感激していたのです。

金子をどうぞ、見てやってください。

私はずっと、心の中で唱えていました。金子は十分にがんばりました。満足した人生を送りました。だからその満足した顔を、どうぞ見てあげてください。

だから私は、参列者の方に、「どうか泣かないでください」と、無意識にお声がけしていたようです。ただただ、がんばった金子の姿を見てほしかった。後になって、タレントの方が、「気丈にも奥さんから『泣かないで』と言われた」とワイドショーで語っていたと、人づてに聞きました。

棺の蓋《ふた》を閉める瞬間の写真が残っているのですが、私、笑っているんです。そこまで残ってくださった方が、全員、お花を棺に入れてくださいました。それを見て、「哲ちゃん、本当に良かったね」って、私、自然に笑いかけていました。

この後も任せて！　その代わり、ちょっとは手伝ってね。

私はそこにはもういない金子に向かって、つぶやいていました。

不思議な出来事

金子が亡くなった直後から、疲れているのに食欲が湧《わ》きませんでした。「食べる」ということに、一切気が回らないのです。

よく恋をしていると、胸がいっぱいで食べられないと言いますよね。

悲しみはその100倍ぐらいの強さで襲ってきました。ものを口の中に入れるというところまで行き着かないんです。何とか入れたとしても、噛んだり、飲み込んだりできない。

ニンニク注射が効いたのか、何とか立っていられましたが、葬儀を終えて家に戻ってきても、何もできない。

自宅の中に設置した仮祭壇の前でひとりです。

私は線香を立てて、何も考えられずにただ泣いていました。

線香の煙を見ていたら、何か温かいものが私の肩に感じました。

あっ、金子が来ている！

線香が消えるまでの30分間、私はただただ、その温かさに包まれていました。

私はひとり、繰り返し線香を立てました。

心配した母が、田舎から出てきて、葬儀の後、しばらく私のそばにいてくれたのですが、そんなある朝のことです。

目覚めると、早起きの母は、洗濯や朝食の準備を終えて、ひとり本を読みながら、私が起きるのを待っていてくれました。

「ああ、起きたの？　さっき、哲ちゃんが来てくれたよ」

耳の悪い母は、通常の会話に少し苦労する人なのですが、その母が、「哲ちゃんの声はよく聞こえるね」と言うのです。

「洗濯物を干していたら、ガサガサって音がしたから、音のほうを向いたら、『お母さん、いつもすみません』って声がするの。『稚ちゃん、通夜と葬儀で疲労困憊《こんぱい》なんです。もうちょっと寝かしてあげてください』って言うから、声の方向にわかったわよと返事をしたら、『じゃあ僕は行きます』って気配がなくなってしまった。亡くなっても変わらないのね、哲ちゃんは」


不思議なことはまだ続きました。

祭壇に供えていた胡蝶蘭やカサブランカなどの白い花が、葬儀の翌日あたりからぐったりしおれ始め、弔問に来た人は、「普通なら長持ちするはずの花なのにこんなに枯れるなんておかしい。金子さんは、稚子さんに『僕に花なんか供えないで、頼んだことをどんどん進めて』って言ってるみたい」と不思議がっていました。

家に来てくれた嵯峨崎さんが祭壇のロウソクに火を灯し、線香に火をつけ終わった後、それを消そうとすると、何度風を送ってもなぜか消えない。

嵯峨崎さんと顔を見合わせて笑ってしまいました。

はい、はい。そこにいるのね？　わかったよ。嵯峨崎さんがいる間は、ロウソクをつけておくから。

5歳の姪が来た時もそうです。

東京に住む弟夫婦の一人娘で、その子が私の家に来た時に、祭壇を指さして言うのです。

「あのね、哲ちゃんが『がんばれ！』って言ってるよ」

彼女に何が見えていたのかわかりませんが、こっちが弱っている時に限って、ピンポイントで話しかけてくる。

テーブルの上の料理を食べられずに放っておくと、

「おばちゃん、それ食べないの？」

と言ってきてくれたり。5歳の女の子の存在に、私はずいぶん助けられました。

単行本の作業に救われる

葬儀の後すぐに、金子の最後の著書『僕の死に方』の作業が始まりました。金子が向こうの世界に移ってしまったわけですから、原稿のチェックなど、著者が担っている作業を代わりにしなくてはなりません。これは金子から委託された大事な仕事でした。

その件で編集の方が家に見えられたとき——確か葬儀の3日後だったと思いますが、この瞬間、何か別のスイッチが入りました。

編集者が帰った後、私はすぐに美容室に行って髪を切り、身なりを整えたのです。この1年ですっかり白髪が増えてしまったので、初めて白髪も染めました。私は足を動かし始めたのです。

もともと私は編集者として社会人生活をスタートさせました。

原稿をチェックし、1冊の本に仕上げることは、昔から慣れている作業です。だから、この仕事が目の前に来た時に、簡単に「戻る」ことができたのです。本来の自分を思い出させてもらえました。もし、これが不慣れな作業だったら違ったのかもしれませんが……。

作業しながら、思いました。

金子は、ここまで考えていたんだろうと。私が気持ちを切り替えられるよう、用意してくれていたんだなと思いました。

あれほど、死ぬ直前にこだわった単行本ですが、そこには、私への温かい気遣いも含んでくれていたのです。

私は編集者との打ち合わせなどで、出版社に足繁《しげ》く通いました。

そこは週刊誌の編集部で、夜中までたくさんのスタッフが慌ただしく立ち働いていました。その環境も良かった。若い頃の仕事への緊張感、高揚感も甦ってきました。外からの刺激が私の中の力を再び起こしてくれるかのようでした。

未亡人は喪に服して、人前に出ないで静かに悲しんでいるもの、というのが、世間の暗黙の了解のようになっているところがあります。でも悲しんでいるだけでは、その悲しみを受け止める力は湧いてきません。悲しみの深いその場に留まり続けることを、先立った人は望んでいるのでしょうか。私にはそうは思えませんでした。

金子は、人生を生き急いだと言えるかもしれませんが、目標を掲げ、そこに向かって突き進んでいく人でした。立ち止まらずに、今この瞬間にできることをどんどんやっていく。ひとつの仕事に着手した途端に、その仕事がすでに終わったことを前提に、もう次の準備も始めている。そんな人でした。

病気になってしまって、人生の「目標」を掲げられなくなってしまったことは、金子にとって本当にきついことでした。

でも、それでも金子は、少しでも体調が良くなった暁にできる、ほんの先の予定を目標に、闘病に懸命に取り組みました。

過去のことにぐじぐじとこだわっていても何も始まらない。だったら前を向いて歩いて行こう。病気が発覚した後も変わらず、金子は、常に、前に向かって歩んでいたのです。

一緒に生活を始めた当初から、私が落ち込んでいることを、金子は嫌いました。落ち込むと、立ち止まってしまうから。

「稚ちゃん、どうした？　元気ないね」

金子はそんな私を見かけると、すかさず声をかけてきました。人の元気がない状態に、本人が慌ててしまうというところもありました。

闘病生活の最中の出来事です。私は金子の横で寝ていたのですが、「飲み物を飲みたい」と言うので、ベッドから下りようとしました。ところが、その拍子に足をもつれさせて転んでしまったのです。

金子の慌てようったらありませんでした。

「稚、どうした？　大丈夫か？」

自分は死に至る病で床に伏せているのに、ちょっと転んだ私のことを、本気で気遣ってくれるんです。金子はいつでも、私のことを見守ってくれていたのです。

私たち夫婦はいつも、ふたりで腕を組みながら、早足で進んでいたようなものです。

でも今は、横に金子の姿はありません。腕を組むことは、もう二度とできません。だから私がここで立ち止まったら、すぐに置いて行かれてしまいます。きっと今、悲しみを言い訳にして立ち止まったら、

「稚ちゃん、ダメだよ」

と言われてしまう。そんなふうに言われたくないし、また、心配をかけたくない。

「さあ、早く一緒に行こうよ」

私は金子の声を聞いていました。私はだから、美容室に行って髪を切り、自分なりの闘うスタイルにチェンジしたのです。

引っ越しというミッション

10月3日の通夜から四十九日が終わるまで、単行本の作業など、さまざまなことに忙殺されて、心も体も、身動きが取れませんでした。

ようやく自分に立ち返った時、カレンダーはすでに12月になっていました。

私には次にやるべきことが待っていました。

「ただちに引っ越せ」

これが金子から生前に与えられていた次のミッションでした。残される私を気遣い、生活コストをすぐに下げるように心配していました。

ふたりで生活していた部屋です。私ひとりでは広すぎもしました。いずれにせよ、引っ越しはしなければなりませんでした。

でも「ただちに」というのが、いかにも金子らしい。

世の中には、夫婦で暮らした場所に、亡くなった後も暮らし続けている女性が大勢います。中には、夫の衣服とか持ち物をそのままにしているという方もいます。部屋をそのまま残しているという女性も知っています。それは、人それぞれの思いでしょう。

まだ金子が病気になる前、たまたまふたりでテレビを観ていたら、そういう部屋をそっくりそのままにしている未亡人が紹介されていました。

「僕は嫌だな」

とぽつり。

残された物に、死んだ人間が宿っているわけじゃない。そういうことだったのかもしれません。

実際、金子は、死が現実味を帯びてきた時に、

「ハードディスク2つだけ残して、あとはすべて処分してほしい」

と頼んできました。

そして「ただちに引っ越せ」のひと言で、私は背中を押されたのです。


引っ越し作業は大変でした。

金子はそもそも、引っ越し当日に作業員の方が来てもまだ自分の荷物を整理しているという人でした。片づけが苦手な人で、追い込まれないと整理をしない。

だから、しくしく泣きながら遺品整理――というような感動的な作業ではありませんでした。そんな悠長に思い出している暇がない。金子の荷物の処分と、自分の引っ越しの荷造りで、感情をその辺に置いたまま、慌ただしく機械的に作業を行っていました。

ふっと手を休め、休憩している時に、私は何だか笑ってしまいました。

これも金子が用意していたんだな。引っ越し作業に追われていたら、つらいことを考えなくても済むよって。

まさしく、金子らしい、金子の思いやりがたっぷり詰まったミッションだったのです。

引っ越し先の決め方

引っ越し先を確定するのもひと苦労でした。

不動産会社の紹介で、すぐに引っ越し先を決めていたのですが、なぜか、貸し主から最終的な連絡が来ません。そこは分譲マンションで、オーナーの女性が他の人に貸し出している物件でした。

ところが、10日待っても連絡が来ない。

不動産会社も心配して、先方をせっつくと、オーナーがわざわざ不動産会社に赴いてきた。理由は一切語らず、「申し訳ないのですが、今回はお断りしたい」。

すでに、今まで住んでいた部屋は、いついつまでに出ると契約を解除していました。引っ越し期日は迫ってきているのに、行く当てがない。これには困りました。部屋探しを一からやり直さないといけなくなったのです。

朝から不動産屋の方と待ち合わせをしました。なぜか開口一番、

「とにかくお願いですから、この部屋を見ていただけませんか」

不動産屋から頼まれるなんて変な話だなと思いながら、そのマンションを内覧しました。いい部屋でした。

静かで、窓から緑も見える。

でも、私も金子も、「利便性」で生きてきたようなところがありました。ビルに囲まれていたほうが落ち着いたのです。真っ先に紹介された部屋は、これまでの私たちの世界観とは異なるスペースでした。

午前中いっぱい、たくさんの部屋を見ました。午後からは友人のRちゃんが、つきあってくれました。Rちゃんは、金子もよく知る、私の友人です。

Rちゃんも一緒に、候補のマンションを見に行った時のことです。どなたか

の引っ越しなのか、エレベーター内が養生されていました。

こんなことを書くと、オカルトじゃないかと笑われてしまうかもしれませんが、部屋を見た帰り、エレベーターに乗ってみると、その養生された壁に、黒々と「R」といたずら書きがしてあるのです。

ふたりでその落書きを見つけて、「あっ！」と同時に声を出していました。

「これさ、きっと金子さんの仕業だよね。これは、稚ちゃんじゃ決められないから、アタシに決めろってことだね（笑）」

勝手にそう納得して、Rちゃんは本当に主導的に物事を進めていってくれました。

なぜか、いちばん最初に見た物件が気になっていました。

「ごめん、Rちゃん、もう一軒だけ見てくれないかな？　午前中に見た物件なんだけど……」

2回目の訪問。日の落ちるのが早い12月の夕方は、5時前だというのにもうすでに暗くなっていました。

部屋に入り、電気をつけた瞬間、Rちゃんはひと言。

「バカじゃないの？　ここに決まってるじゃない！　さっさと手続きしないと」

笑ってしまうぐらいの即決。私もRちゃんの勢いに押され、その場で手付け金を払って契約を済ませました。

判断は間違っていませんでした。新しい引っ越し先は、その後の私にプラスに働きました。

でも、引っ越したばかりの時は、寒さが沁《し》みました。

それまでの部屋は、比較的新しいUR都市機構の物件だったので、床暖房でした。そんな恵まれた環境から引っ越してみると、ひとりっきりのマンションの部屋は、寒さがこたえるのです。持って来た暖房器具はゼロ。備え付けのエアコンは、全然効かない。引っ越したばかりの時は、ガスレンジもなかったので、温かい飲み物も用意できない。隣にいつもあった、ぬくもりもない。寒さとはこういうことなのかと、妙に納得したのを覚えています。

「必要とされる」こと

引きこもり――とまで言いませんが、金子亡きあと、本の制作が終わった後は外に出るのがおっくうになっていたのは事実です。用事がない限り、特に、人と会いたくありませんでした。

金子と一緒の時は、「毎日がお祭りだよ！」と言う彼の溢《あふ》れんばかりのエネルギーに感化され、私自身も元気いっぱいでした。でもその金子がいない。私のエネルギーレベルは、ゼロでした。引っ越しを終えたあとは、家にいてもやることがあるわけではありませんでした。家にいて負の感情が晴れるわけもなく、落ち込むばかり。負のスパイラルです。

リズムを取り戻すのにしばらくかかりました。

料理をすることは好きだと思っていましたが、どんなに凝ったものを作っても、それを食べてくれる人がいない。張り合いがないからやる気も起きない。そんな毎日でした。

金子の闘病中、毎朝、野菜&果物ジュースを作ることが日課でした。

亡くなる1か月前ぐらいからは、ジュースもなかなか喉を通らなくなっていたので、金子は特製ジュースを飲まなくなりましたが、私の中には朝、果物や野菜をとるということが習慣化されていました。

コップ一杯の水とフルーツ。

その習慣さえも途絶えてしまっていました。

年明けだったと思います。

ヨロヨロと歩いて5分のところにあるスーパーに出かけてみました。

ふと、棚に山盛りのリンゴが目に入りました。

「ああ、リンゴを買おう」

リンゴをむいて、しゃりしゃり音を立てながら食べました。リンゴの繊維のお陰で便通も良くなり、体の中に溜まっていた悪い物も、全部、流れ出た気がしました。

それからです。だんだんと体が動くようになりました。

「金子哲雄さんのこと、お話ししてもらえませんか?」

そんなお声がけをいただくようになったのです。

でも、人前で話すような精神状態じゃありません。ようやくリンゴをかじっている有り様です。でもせっかくいただいたお話だからと、会場には顔を出すようにしました。

『僕の死に方』の存在もあったので、私は知らないけれど、皆さんは私を知っているという状態でした。あの本に、プライバシーをすべてさらけ出しているわけではありませんが、ある程度のことを書いたため、皆さん、親近感を持っていただける。

それでどうなったかというと、皆さんが私に話をしてくださるのです。いろいろな方と話をしました。皆さん、さまざまな問題を抱えていて、それぞれに自分の話をしてくださる。

私は、ライター兼エディターとして、インタビューを生業《なりわい》にしてきました。だからついつい、会話をしていても、自分が話すより、人の話のほうを聞いてしまう。

向こうからみれば、自分の話に興味を持って耳を傾けてくれる。それを喜んでくださるのかもしれません。話しながら泣いてしまった人もいます。とびきりの笑顔を思い出した人もいます。

皆さんにとって、私は「死」と身近な存在なのでしょう。自分と自分の家族の悩み――末期のがんだったり、死の恐怖だったり、そういうことを語っても大丈夫だと思える存在となっていたようなのです。

何もしないで、誰とも会わず、ただ弱る一方だった時は、食欲も湧きませんでした。でも、人と会い、ぐったりと疲れても、「ああ、何か口にしなきゃ」と生存本能が甦ってきたのです。

不思議な体験でした。

本当にぐったり疲れるのです、出かけていって一生懸命皆さんの話を聞いて。でもその代わり、食欲が戻ってきた。生きる意欲が湧いてきた。

情けは人のためならずという言葉があります。最近は、「情けをかけることは、その人にとってよくない」と誤解されて使われることが多いようですが、本当の意味は、「人に親切にすれば、その相手のためになるだけでなく、やがてはよい報いとなって自分にもどってくる、ということ」（デジタル大辞泉）ですよね？

まさにこれでした。

自分のために、話を聞いたのではありません。聞いている時は、その人のことを理解しようと必死でした。向こうにもそれが伝わるから、私を信頼して、真剣に話をしてくださる。

つまり、私はその人たちに、一瞬ですが「必要とされた」のです。私の存在が、力を与えた。

情けは人のためならず、なんです。人への親切が、大きな力となって自分に返ってきた。「必要とされた」ことで、私は、生きていく力をもらったのです。

今、声をかけていただいて人前でお話しすることが増えてきました。私が経験したことをお話しすることが、他の人に喜んでもらえるなら、そうしよう、と。そして喜んでいただくことで、私はエネルギーをもらっているのです。人のためにとさせていただいたことが、結果、自分のためになっているのです。

私は、金子が口癖のように口にしていた言葉を思い出しました。

「ありがとう」

ありがとうばかり言う人だなと驚いたこともあったのですが、今はわかります。金子自身も、自分が必要とされたことに対し、お礼を言っていたのです。

「ありがとう」と。

金子がいなくなってから、3、4か月経っていたでしょうか。まだ春になる前のことです。ようやく、自分のためにご飯を作りました。献立は水炊きです。お米は炊きませんでしたし、材料も切って鍋に突っ込んだだけ。手抜き料理です。でもこれが、葬儀以来、初めて作った、料理と言える代物でした。私はようやく、ここまで戻って来られたのです。

桜のメトロノーム

引っ越しには、思わぬ副産物がありました。

あんなにどうでもいいと思っていた――むしろ存在が落ち着かなかった近所の公園が、私を助けてくれたのです。

冬から春にかけて、突発的に発作のように襲ってくる悲しみや怒り、恐怖といった負の感情に、私は押しつぶされそうになっていました。

ところが、裸の木々に、小さな緑が芽吹いているのが目に入ったんです。私は公園に足を踏み入れました。

そこに、一本の気になる桜がありました。目の高さに、固い花の蕾《つぼみ》があったのです。私は事あるごとに、その公園の、その桜の樹を見に行きました。

何度か見に通っていたある日、唐突に――それは本当に突然のことだったのですが、自分の感情が「浮き上がった」と感じたのです。

金子がいなくなってからの「負の感情」は、私にベッタリと張り付いていました。張り付いたまま動かない。

「悲しみが癒される」という言葉を、それまでの私は何の気なしに使っていましたが、本当の悲しみの中で、この言葉の間違いに気づきました。悲しみに、簡単に「癒し」など訪れないのです。

でも桜の開きかけた蕾を見た瞬間、張り付いていた負の感情が、自分から「浮いた」と私は感じたのです。

きっとこの桜は、ここに根を生やしてからずっと、年月を重ねてきたのでしょう。春になれば美しい花を咲かせ、夏には葉を茂らせ、やがて冬には葉をすべて落とし、次の春に備える。

金子がいなくなろうが、私がどれだけ悲しかろうが、こうして時は流れ、必ず春は訪れ、桜は花を付ける。こんな単純なことに、私は気づいていなかったのです。

自然は、私たちや、私たちの生活とは関係なく、一定のリズムを寸分の狂いもなく刻み続けている。この事実が、私の中にすとんと落ちたのでした。

この自然のリズムは、私にとっては何よりも力強かったのです。金子がいなくなって初めて、頼れる何かを見つけた気がしました。

桜のメトロノーム――ブレない自然のリズムは、私を、戻してくれました。何かを教えてくれるとか、そういうことではありません。静かに公園を歩き、ブレることのないリズムを感じる。そしてそこに身を委ねる。

そうすると、つらいと感じる感情が、少しずつ浮いていきました。身体を自然のリズムに同化させると、頭の中に巣くう負の感情がだんだん消えていくように感じました。

公園を歩いていると、身体と頭は切り離され、私はしばし、自由になるのです。

消え去らない後悔

後悔がない、といったら嘘になります。

でも、こう言うと、不思議がる人がいるかもしれません。「金子さんはご自身が望む形で亡くなられたんじゃないですか？」と。

その通りです。金子はきっと満足していると思います。

でも、私たちが選んだ在宅医療には、本人の意思とは離れたところでの葛藤があるのです。

これは、同じようにがんでご主人を亡くした方の話です。

末期のがんだったご主人の「自宅で死にたい」という強い希望を汲んで、その方は、在宅医療を選択しました。最後は、苦しませたくないと、抗がん剤治療も拒否しました。ご主人は、満足して亡くなりました。

しかし、奥さんの元には、親戚から執拗な攻撃が来ました。

「もっと高度な治療が受けられたはずだ。遺産目当てに、お前が殺したんだ！」

こんな言葉を吐く人もいたそうです。

中でも、ご主人の弟夫婦は、奥さんをなじり続けました。弟さんからみれば、大切なたったひとりの兄です。兄を大切に思う気持ち、やり場のない気持ちが、奥さんに向かってしまったのでしょう。そしてどこかで人は、自分を含めて、人は死ぬはずがないと思っているのです。天寿をまっとうしたなら別ですが、若くして——この方は50代でしたが、そんな年齢で死んでしまうことが理解できない。ましてや、自分から治療を拒否したなんて、信じられないのです。いや、信じたくないのでしょう。

「死」を遠ざけたい、ということかもしれません。そんな事実に、耳も目も塞いでいたい。でも、こうして突きつけられてしまった。その怒りは、自分で死を受け止めない限り、行き場がなくなってしまうのです。

私も、いろいろな方々から、さまざまな批判を浴びました。攻撃的な言葉をぶつけられたこともあります。

皆、その人のことを思ってくれているからこそ、だ。そう思います。行き場のない悲しみを訴えているだけだ、とも。でも、それを言われる人も、自分ではどうしようもできない悲しみを抱えているのです。

私自身も、他の人の思いを受け止める余裕は正直ありませんでした。

極端な話、訴訟リスクもあるかもしれません。近しい人の死の衝撃は、たとえ死期が近いことがわかっていたとしても、人を想像以上に感情的にしてしまいます。

旦那さんは在宅医療を望んでいるのに、奥さんが親戚など近しい人のプレッシャーに屈して、最後は入院させてしまったというケースもよくあります。

死が間近に迫ったこのタイミングで、夫婦の間の信頼関係が崩れ、精神的な苦痛の中で亡くなる人もいるそうです。

そういうことではいけないと、医学界も動き始めていて、終末医療を話し合う関係者の会をセッティングするようなことも、行い始めています。お互いの思いを語り合うことで、何とかソフトランディングさせようとしているのです。それぐらい、「死」は重いのです。そして、いつの間にか、「死」が本人から離れて、本人ではない人たちの間で決定されるということも日々起こっているのです。

実際、私の中にも後悔があります。

もっと他の手立てがあったんじゃないか。やりようがあったんじゃないか。調べ尽くして、「これしかない」ということはわかっています。私も金子も、納得の上での選択でした。でもどこかで、奇跡のようなものを信じていた。

実際、大阪のゲートタワーIGTクリニックの堀先生のお陰で、9センチもあった腫瘍が3センチになった時は、もしかしたら治るんじゃないかと思っていたくらいです。でも、奇跡は訪れませんでした。

100％すべてを「やりきった」と思いきれないのです。

きっとこれは、一生ついて回るのでしょう。そしてこの感情は、近しい人を見送った人ならば必ず持ってしまう思いなのでしょう。

自分自身の試験勉強や、校内の持久走大会ならば、「やりきった」と思えなくても悔いはありません。もしかしたら、本当はやりきっていなくても「やりきった」と思い込んでしまうかもしれません。

でも、「看取る」ということは、私のことでありながら、私のことではないのです。死への恐怖を分かち合うことも、体の痛みを一緒に感じることも、私にはできないのです。何もできないまま、愛する人が弱っていくのを見る。「やりきった」とは、到底思えません。だから後悔が、消えてなくなることはないのです。

でも今の私ならこう言えます。

後悔が残るのは、大切な人とめぐりあったからだ、と。

きっと、私の人生にとって重要ではない人ならば、こんな後悔は、残らなかったのだと思うのです。

金子をずっと支えてくれていた、マネージャーの宮下さんは、こんなことを言っていました。

「あまり距離が近いと、私自身が沈み込んで、金子さんもろとも沈没してしまうと思っていました。だからあえて突き放すような態度を取っていました。でも……本当にそれが良かったのか……」

宮下さんの中にも「後悔」があるというのです。きっと、金子のことを大切に思っていてくれたからでしょう。思いの強さは、後悔の強さと比例すると思います。

不妊治療の拒否

子どもをつくらなかったことに関しても、よく人から言われます。残念でしたね、と。

でもこのことに関しては、後悔はしていません。

私自身は、普通に、子どもが欲しいと思っていました。

金子と一緒になったのは、34歳の年です。そろそろ微妙な年齢です。35歳を過ぎてからは、毎年、レディースクリニックに行って、子宮の状態や卵子の状態をチェックしていました。ある年齢から卵子が劣化していくことも知識として知っていましたから、チェックを欠かさないようにしていたんです。医師からも、卵子の状態もいいし、妊娠に何ら問題はありません、と言われていました。

ある検査の時に、子宮の中に小さい固まりができていると言われました。筋腫ではないけれど、掻爬《そうは》したほうがいい、とのことでした。掻爬しておけば、その後の病気の心配も軽減されるし、子宮の状態が良くなるので、そのまま放っておくより妊娠しやすくなるという説明でした。

大きな手術じゃありません。でも、そこのレディースクリニックからは、「妊娠を望んでいるなら不妊治療の専門クリニックに行って、不妊治療とセットで掻爬したほうがよい」と勧められました。そうしたいなら、信頼できるところを紹介します、と。

その日の夜、金子に相談しました。

金子は考える間もなく、即答しました。

「稚ちゃん、本当にゴメン。赤ちゃんって、授かり物だと思うんだ。だからわざわざつくろうとするのは、嫌なんだ」
金子に迷いはありませんでした。
私が、実は不妊治療をしたいと考えているのがわかったのでしょう。金子は
ことさら明るい声で、こう続けました。
「それにさ、200年、300年経てば、僕らはみんな、先祖みたいなものだ
よ。だから別に、僕たちふたりの間に赤ちゃんができなくてもいいと思わな
い？　稚ちゃんには悪いと思うけど……」
金子は、ふたりの姉と弟をひとり、亡くしています。姉弟——子どもの死を
間近に感じてきました。
きっとその恐怖もあったのでしょう。子を亡くした両親の悲しみも背負って
いたのかもしれません。
「僕の両親のような思いを、稚ちゃんに味わわせたくないんだ」
そんなふうにも言われました。
夫を叱咤激励して、不妊治療に行かせる。もちろん、そうした夫婦関係を否
定しません。でも私にはできなかった。子どもは、そういうものじゃないだろ

うという思いもありました。

掻爬手術の心配はずっとしてくれていました。

「本当に大丈夫なの？」

と。でも、二度と不妊治療の話が、食卓に上ることはありませんでした。ふたりとも——というより私が、金子の言わんとしていることに納得したのです。

だから、子どもを積極的につくらなかったことに、後悔もないし、残念だとも思っていないのです。

新しい関係の中で

今の私が安定したかといえば、自分でもまだまだ危なっかしいと思います。日によって感情の波がありますし、悲しみの発作には、今でも襲われます。

私の毎日は、朝、金子の仏壇に向き合うことから始まります。

別に、仏壇相手に話し込んでいるわけではありません。線香をあげ、おはようと声をかける。それだけです。

夜になると、寝る前にもう一度、線香をあげます。夜は、その日にあったことを報告します。

「ありがとね、哲ちゃん。今日も一日、見守ってくれてありがとう」

きっと金子は、そんな私を見て、

「ほら、僕の言う通りにやってれば問題ないよ」

と言っていることでしょう、相変わらず笑いながら。

スピリチュアリズムを信奉しているわけでもないし、オカルティズムにはまっているわけでもないのですが、金子があの世に移ってしまった後も、実際、金子の存在をよく感じます。

新しい関係が始まった、と言ってもいいでしょう。

金子は私のことをいつも見ている。私がそれに気づきさえすれば、彼はいつでも手を差し伸べてくれていることが感じられるのです。

イエグモとトンボ

某大学病院の会議室で、ある医療系セミナーに参加していた時のことです。席に座り、筆記用具を取り出すと、私の机の上にイエグモがぴょこんと乗ったのです。小指の先ぐらいの大きさでした。イエグモは、ゴキブリの卵などを食べてくれるので、益虫と言われるクモですが、それでも、大学病院の会議室には不似合いです。

先生の話が興味深かったので、そのまま放っておいたのですが、ふと気になって横を見ると、まだいる。

何だか、熱心に聞いているように見えます。

小さなイエグモは、その後もじっとしています。1時間半の話が終わり、皆が席を立ち始めると、ようやくイエグモは満足したかのように、どこへともなくはねて行きました。

金子がクモの姿になって聞いていたのかな？

きっと、そうだ。金子は私が何を聞いているのか、興味深かったに違いありません。実際、講演が終わった途端に、どこかに行ってしまったのですから。

「稚ちゃん、ＯＫだよ！」

私は金子の声を聞いた気がしました。


一周忌の後もそうでした。

「金子哲雄を語る会」というちょっとしたイベントを開催したのですが、その翌日に、礼状をしたためていたんです。

今住んでいる部屋は7階で、ハエも蚊も飛んできません。ところが、ふっと手を休めて窓の外に目をやると、トンボが飛んでいるのです。心なしか、こちらを覗いている。

あっ、金子だ！

何の迷いもなく、そう思いました。

「稚ちゃん、一周忌お疲れさま。無事に終わったね。いい会だったよ」

そう言われた気がしました。

「うん」

私はうっかりこぼしてしまった涙を手で拭いながら大きく頷くと、トンボはすーっとまたどこかへ飛んで行ってしまいました。

イエグモにトンボ……おかしい話かもしれません。でも私は確かに、金子の存在を感じる。金子に守られているように感じる。それでいいのだと思っています。そのことにすがったり、頼ったりするようになると、おかしくなってしまうのかもしれませんが、今の私にとっては、「がんばれ！」という金子のエールです。私ががんばってさえいれば、エールはいつでも届く。そんなふうに思っているのです。

亡くなる1か月前、金子とこんな会話をしました。

「死んだらどうなるのかなあ。稚ちゃんをひとりにしてしまうよ」

「父のように守ってくれるんだと思うよ。哲ちゃんはお父さんより騒がしいし、もっと近くにいてくれる。だから全然寂しくないよ」

「そうだね、きっとそうだね」

金子もホッとしていましたし、私の不安も軽くなりました。

実際に、霊の存在がどうとか、そういう話ではないんです。自分が大切だと思っている人は、その人が生きていようが、死んでいようが、近くにいてくれているように感じる。それだけのことです。

感じたいと思う人もいれば、感じない人もいる。そういうことです。

そして私は、金子を身近に感じる。そしてそのことに、私は日々、救われているのです。

「僕が死んだら、再婚する？」

金子が突然、こんなことを言ってきたことがありました。

死の気配を間近に感じていた頃、ふたりで死の準備をしていた頃です。金子が急に真面目な顔になりました。

「僕が死んだら、稚ちゃん、再婚する？」

どう考えても、

「あなたのこと、生涯愛するから……」

「再婚なんてするわけないじゃない」

というようなことを言って、再婚を否定する人が多いと思うんです。本当に再婚するしないは別として、死期が迫っている相手に対して、「再婚する」とは言えません。金子も、そういう答えを期待していたのでしょうか？

でも、その時の私は、いろいろなことにいっぱいいっぱいの状態でした。

私の口をついて出たひと言。

「いや、ごめん、わかんないや」

金子は苦笑いしていました。

今になって冷静に考えると、この答えで間違いではなかったな、と思えるんです。だって、再婚云々とは、金子が死んだらふたりの関係が終わる、ということを前提にした質問だと思うから。

でも、死んでも終わりじゃない。

変な言い方ですが、新しい関係が始まっている。なぜなら、イエグモやトンボが、いるはずのない場所にわざわざやって来るんですから。

きっと金子のことですから、もし私が再婚したほうがいいということになったら、それとなく、そういう人を送り込んでくるんじゃないかと思っています。

ちょっと変な考え方かもしれません。

でも、あのプロデュース好きの金子ですから、私の恋や再婚も、きっとプロデュースしたがると思うのです。そう思っているから、今はこの答えで正解だったと思います。

「いや、ごめん、わかんないや」

発表前からわかっていた東京五輪

2020年のオリンピックが、東京に決まったその日も、おかしなイメージが浮かびました。

あの日、私は熱を出していました。39度を超える高熱で、私はマンションの部屋でひとり、ほとんど倒れるようにして身を横たえていました。

ところが、真夜中過ぎに、なぜか目が覚めました。まだ頭も体もフラフラで、ボーッとしています。

でも私は、誰かに促されるように、テレビのスイッチをつけていました。

ちょうど、ＩＯＣ委員会で、東京がプレゼンをしているところでした。

なんで朦朧《もうろう》としてるのに、どうして私、こんなもの観ているんだろう。

東京がプレゼンをしているのを、わけもわからず目の中に入れながら、そのうちに、体がどうしようもなくもたなくなり、

「ごめん、寝るわ」

と誰にともなくつぶやいて、私はまたベッドに倒れ込みました。

朝、目が覚めると――熱はまだ下がっていなかったのですが、「あ、東京に決まった！」と頭の別のところで確信している自分がいました。

「これで経済は上向くぞ」

そんなことも漠然と思っていました。まだ、東京都が決まったことを確認したわけでもないのに、なぜかわかってしまっていました。

金子がそのイメージを送り込んでくれたような、そんな感じです。

「でも哲ちゃん、『経済は上向く』って言うけど、あなた、石原慎太郎さんが最初に『東京に五輪を招致する』と言い出した時、確か反対してたよね？散々、文句言っていなかったっけ？」

私はいるはずのない金子に向かって話しかけていました。

テレビをつけると、案の定、ニュースは東京五輪決定一色でした。

東京五輪まであと7年。

キャスターが興奮して叫ぶその言葉に、私はこう思いました。

「7年後か……。私、生きてるのかな？」

夫に先立たれたから、悲しくて生きていられないとか、そういうことではありません。ただ単純に、未来は不確定だと思ったのです。生きているのか、死んでいるのか、1年先のことだってどうなっているか、何が起こるのか、誰にもわかりません。

同時に、「ああっ」と声をあげていました。

私は、気づいたんです。自分は、未来からも解放されている。

過去からも未来からも、私は解放されているんだ。

日本中、五輪歓迎ムード一色でしたが、私だけは、熱で朦朧とした意識の中、今、この瞬間に得られた自分の感覚にほくそ笑んでいたのです。

何もやることがないのではなくて、何でもできる

未来から解放されている――。

いろいろなところで、私と同じようにご主人を亡くされた女性とお話しすると、こうした思いを持っている女性がいることがわかりました。

もちろん、お子さんがいらっしゃるとまた違うのでしょうが、子どもがいなかったり、いても手が離れたりした方は、このような感覚を持つ方もいるようです。

どう説明したらいいでしょう?

言い換えると、「未来に何が起こるかわからない」ということです。

なぜなら、最愛の夫は、突然、病気になり死んでしまったのです。いったい誰が、それをわかっていたでしょう? でも、その事実を事実として受け止めると、「自分も、いつ死ぬかわからない」ということを理解します。

明日死ぬかもしれない。1年後に死ぬかもしれない。それは誰にもわかりません。でも、「死」は、常に突然やってきます。

だからこそ、「今」に集中しよう、と思うのです。

「今」という、この瞬間しか、たしかなものはないからです。

今、目の前のことに、一生懸命になる。明日のためとか、10年後のためとか、そんな未来の縛《しば》りで行動しているのではありません。このかけがえのない「今」のために生きる。

圧倒的な解放感です。

いろいろなものから自由であるという解放感。こうしたことに気づいた未亡人は、だから皆、驚くほど元気なのです。

新しい自分

金子の一周忌を迎え、親しい人をお招きした「金子哲雄を語る会」で、『ホンマでっか!?TV』（フジテレビ系）や『かんさい情報ネットten!』（読売テレビ）の映像を流しました。これはスタッフの方が、金子が出演したシーンをうまく編集し直してくれたもので、それを使わせていただいたのです。

金子の懐かしい声が会場に響きました。

あっ、哲ちゃんが喋ってる！

そのことを幸せな気持ちで聞いている自分がいました。ああ、やっとここまで来られたな。

でも、その映像を観ることはできませんでした。映像を観ると、その過去に――戻ることができない瞬間に、引きずり戻されてしまうような気がしているのです。

金子が亡くなった後、ありがたいことに、ワイドショーなどいろいろな番組で、金子の追悼コーナーを放送していただきました。きっと金子も喜んでいると思います。

でも、私は一度も目にしていません。

観ることができなかったのです。

大阪の梅田も、私にとってはあまりにもつらい場所でした。病気が発覚した直後、本を探しながら、ふたりで気持ちを切り替えに行った書店もある思い出深い場所です。それでも、そんな場所でありながら、目を向けることができずにいました。

本当は、金子が大変お世話になった書店があって、ごあいさつに伺いたいと思っているのです。でも、大阪は、金子と一緒に何度も通った、ゲートタワーIGTクリニックがあった土地。堀先生とは今でもメールのやりとりをしていますが、その「場所」だけはどうしても、足を向けることができないんです。大阪、というだけで、あの時に連れ戻されてしまいそうで。

思い出したくない、ということではないんです。死んだことを認めたくない、ということでもありません。金子と過ごした時間が濃密すぎて、過去に引き寄せられてしまうんだと思います。それが怖い。

私は今、役目を果たそうとしています。でもそのためには、あの濃密な時間に戻りたくないと、もうひとりの自分が言っている。

なぜなら、私は「今」を生きているのです。

立ち止まったり、ふさぎ込んだり、そうしたことを嫌っていた金子です。末期だと宣告されても、前向きに進んだ金子です。私だって、前に向かって進まないといけません。そうでないと、哲ちゃんに申し訳ない。哲ちゃんは死の前日まで、私に時代劇を観るようにと言っていたのだから。これ以上、心配をかけたくないんです。

金子との「新しい関係」も始まったばかりです。私はそれを大事にしたい。私の中にできつつある、「新しい軸」を大切にしたい。

実は先日、兵庫県の某所に行くために高速バスを利用しようと、慌てていたせいもあり、どさくさに紛れていつの間にかその書店の前を駆け抜けていました。少し前までその方角に目を向けることすらできなかったのに、自分でも驚きました。きっと金子の過去の映像も、近いうちに観ることができるようになるでしょう。そうなった時初めて、私は「新しい私」になれたと言えるのかもしれません。

まだ私は、「新しい自分」として、助走をしている最中なのです。

＊

悲しみは続いています。

ふとしたきっかけで急に金子の不在を意識させられて、それがフックとなって、発作のように悲しみが覆《おお》い被《かぶ》さってきます。

ちょっとしたことなんです。

ペットボトルの蓋が開かないとか、電球を交換しないといけないとか……。金子を頼っていた細かなシチュエーションに、私は彼の不在を思い知らされます。

でもようやく、今、この瞬間を、悩んだり、悲しんだり――時に後悔も入りますが、そうしたことができるようになりました。金子のことを思い出して過去を遡《さかのぼ》るということではなく、この瞬間をもっと深く生きよう。そんなふうに変わることができたのです。

これも皆さんのお陰です。

そして、金子哲雄の――。

ありがとう。本当に、ありがとうございます。

追記

金子哲雄を看取って知ったこと、伝えたいこと

その1

在宅で死ぬこと

家で死ぬことは、そんなに難しくない

現在、病院で亡くなる人は約80％。しかし、自宅で死にたいという人も80％を超えると言われています。つい先日、お目にかかった在宅医療に携わるお医者さまから、そう伺いました。

「私は、4年前に父を、昨年に夫を亡くしていますが、ふたりとも自宅で看取りました」

「昔の話ならいざ知らず、今時、お父上とご主人を家で看取ったなんて、それは珍しい！　僕はあなたのような人に会ったことありませんよ」

病院での死を経験したことがないほうが珍しいと、そのお医者さまから言われましたが、父と夫を自宅で看取った経験から言えば、家で死ぬことは、そん

なに難しくないと思います。

金子の死後、私の経験をお話しする機会があるたびに、家で死ぬことについて、こんな心配をたびたび伺いました。


「死ぬまでの間に、どんなことが起こるのか、わからなくて怖い」

「もしもの時に、対応できなかったらどうしようかと、不安だ」

「病人のケアや介護など、私にできるはずがないと思う」

「仕事があるため、日中、病人を家でひとりにしなければならないので、無理だ」

「正直なことを言えば、病人と一緒に暮らしたくないというのが本音だ」


最後の「病人と一緒に暮らしたくない」ということを除けば、すべての心配に対して、私は「大丈夫ですよ」とお答えすることができます。

なぜなら、その心配のすべてが、かつての私の気持ちそのものだからです。

金子の死より3年前に、胃がんを患っていた父が在宅医療を受けながらそのまま家で亡くなりました。

その時の経験があったから、「死ぬまでの間に、どんなことが起こるのか、わからなくて怖い」という気持ちは、夫の時にはほとんどありませんでした。

だから、大体どんなことが起こるのかが事前にわかっていれば、その怖さを乗り越えるための、ほんの少しの勇気を持てる、と思うのです。

ここからは、どんなことが起こるのかについて、書いていきたいと思います。

病院と在宅で、行われる緩和ケアに違いはない

意外に思われるかもしれませんが、本当のことです。

病院で行われる緩和ケアと、自宅で行われる緩和ケアに、ほとんど違いはありません。

このことは、在宅医療を受けていた時も、そして夫の死後も、何度も医療者の方たちから伺いました。

もちろん、完治を目指した治療は別です。高度な医療機器を使ったり、手術

後の管理が必要な場合も多いでしょう。

しかし、死が間近に迫ってきた時、患者に施される緩和ケアは、つまり医療者ができることは、病院でも自宅においても、ほとんど同じだというのです。

現に今年の夏、知人が病院の緩和ケア病棟に入院していましたが、そこで行われている医療、出されている薬も、金子の時とほとんど変わりませんでした。

点滴が必要なのでは？　酸素吸入が必要なのでは？　薬はどうやって飲むの？　そう思う人もいるかもしれません。

いずれも、金子は自宅で行っていました。

点滴は、医療行為なので家族ができることではないため、看護師さんの訪問、またはお医者さまの往診の時に管理してくださいます。

病院でも在宅医療でもよく取られる方法として、中心静脈カテーテルという体の中に管を入れたままにして管理する方法もありますが、夫は針が非常に苦手だったため、とても体内に管を入れておくことなどできないと、その都度の点滴をお願いしていました。

点滴をしている間、看護師の嵯峨崎泰子さんは私の話を聞いてくださっていました。

また、私が仕事で出かけている時には、点滴をしながら金子といろいろな話をしてくださっていたようです。

時には、点滴をしながら、金子と私と3人で冗談を言い合ったりして、とても楽しい時間を過ごせたことも良い思い出です。

酸素吸入は、肺が悪かった夫にとっては命を支える大切な医療機器でしたが、その管理も私がしていました。

呼吸と直結しているので、息が苦しくなれば、夫自身がいちばん早く反応して、教えてくれます。モニターで異常を感知するのではなく、本人が不快な症状を訴えてくるので、その時に対応すれば十分でした。

もっと言えば、たぶん数値にも表れないだろう小さな不快にも、自分たちだからこそ細かく対応できたのかもしれません。

体の感覚に非常に敏感な夫は、刻々と変わっていく自分の体調に合わせて、特に酸素吸入については、その量を自ら指示してくれました。

そして、薬も同じです。決められた薬は、決まった時間、用量を服用すればいいだけですが、頭が痛くなったり、お腹が痛くなったり、症状は日々変わってきます。その都度、看護師の嵯峨崎さんに相談し、指示をもらっていました。

医師が近くにいなくても

嵯峨崎さんは、金子ともかなり頻繁にやりとりをしてくださいました。死後、1000通以上のメールのやりとりをしていてくださったと聞きました。

これは、金子がデジタル機器に明るかったことも要因ではありますが、呼吸が苦しく、話をすることもつらい時がたびたびあった夫の気持ちになんとか寄り添おうと、嵯峨崎さんが探り当ててくださった方法だと思います。

録画で出演したテレビの放送を事前にお知らせしておくと、必ず観てくださり、そうしてすぐに感想を夫にメールしてきてくださっていました。

外来も往診も行っているクリニックの看護師であり、さらにご家族もある方です。相当なご負担を嵯峨崎さんにおかけしていたと思いますが、時にはワンセグ放送を利用したりしながら、金子の出演する番組を観てくださっていました。

このことがどんなに夫を勇気づけてくれたか、夫の苦しみを軽減してくれたのかは、後のページでご紹介したいと思います。

夫の死後、こうしたITを利用したケアが、医療業界では先進的であることも、わかりました。ホットラインでつながっている、すぐには連絡がつかなくてもメールで連絡だけは入れておける、ということは、在宅で療養している身にとっては大変な安心につながります。

また、話はしづらくても、ちょっとした苦しみをメールで打ち明けたり、ということも思うより気軽にすることができました。それはもちろん、夫だけでなく家族である私も同じことでした。

今、こうした医療におけるＩＣＴ（情報通信技術）を進めようと、病院や企業がさまざまな努力を重ねていることも書き添えておきたいと思います。在宅医療では、ＩＣＴも大きな力となると信じています。

さて、お医者さまとの関わりはどうだったのでしょうか。

野崎先生は1週間に1度程度の往診でしたが、常に見守っていただいている安心感がありました。

1週間に3回の嵯峨崎さんの訪問や、相当量のメールのやりとりがあったことも大きかったと思います。

でも、それ以上に、野崎先生と夫との間に、人間的な1対1の関係ができていたからではないかと思うのです。

往診は、夜や休日に行われることがほとんどでした。野崎先生だけでなく、嵯峨崎さんが訪問してくださった際にも、夫はこれまでと変わりなく、大変に気を遣います。

「稚ちゃん、野崎先生と嵯峨崎さんに、あのお菓子を出して差し上げて」

「稚ちゃん、先生にお茶をすぐに出して」

何度、こう言われたかわかりません。

「金子くん、そんなに気を遣わなくていいから」

「金子くん、もういいから」

先生はその都度、気を遣う金子に対応してくださりながら、時には、自宅にあったエアロバイクをこいでざっくばらんな雰囲気を演出しながら、いろいろな話をしてくださいました。

絶妙な距離を取りながら、金子に合わせたコミュニケーションを取ってくださっていたと思います。

病気のことだけでなく、医療の抱える問題やら、精神科がご専門のお医者さまなので、企業のメンタルケアの最近のトレンドとか、さらには先生のご趣味の話まで、あちこちに飛ぶ夫の関心に合わせていろいろな話をしてくださいました。

在宅医療を担うお医者さまや看護師さんとこうした関係を築くことができたことは、私たちの大きな幸せだったと思います。

実は在宅医療はそれほどお金がかからない

流通ジャーナリストだった金子は、自分の医療費についても、コスト感覚をしっかり持っていました。もちろん、安価なものだけを求めていたわけではありません。

こうした治療にはいくらかかるのか、その効果なども含めて、把握し理解していました。

特殊な病気であったため、治療法も確立されておらず、手探り状態でしたが、その都度、費用対効果を意識した上で、治療法を選択しました。念のために、在宅医療を受けるまでの間に金子が受けた治療とその費用を記しておきます。

大阪のゲートタワーＩＧＴクリニックでしていただいた血管内治療は、保険診療だったため、個室代などの自己負担金を合わせて、手術、入院も含めた1回の治療費が約35万円程度。これを約1か月に1度くらい行っていたのですが、幸い医療保険に入っていたため、費用的には問題なく続けることができました。

そして2012年の年明けに、転移していた骨盤に放射線を当てることになりましたが、これはIMRTという強度変調放射線治療で最先端医療だったため、自由診療で、1クール180万円くらいかかりました。

夫は痛みに非常に敏感な体質であり、さらに仕事を休まずに闘病と並行して続けることを望んでいたため、この金額がかかっても十分納得できると、選択しました。無事に1クールで見事に痛みが取れ、「すごいな」と驚いていたことを思い出します。

2012年4月からは、国内未承認薬の抗生剤を投与することになりました。未承認の薬なので保険外です。週に1回の投与で4万円がかかる、つまり1か月に16万円が薬代に消えることになります。

血管内治療で肺の腫瘍が小さくなり、転移のある肝臓に治療の中心が移っていましたが、肝臓への血管内治療は、肺とは違って夫にとっては痛みがあり、とてもストレスを感じるものでした。さらに、1月までは月に1回程度の血管内治療のサイクルも、2か月に1回くらいになって、違う治療法も模索していた頃でもありました。

私たちの入っていた医療保険ではカバーされない診療内容で、月16万円が、そのままかかることになりましたが、夫はより積極的な治療を受けようと、この薬物治療も選択することになりました。

手術・抗がん剤・放射線治療という標準治療が最初から適用できない病状だったため、こうして治療法を模索しながら、さらに費用対効果も考えながら、夫は治療を続けていました。

そして7月半ば。

肺炎にかかってしまい、入院せずに在宅での治療を選択した頃から、そのまま亡くなるまで在宅医療を受けることになったのです。


在宅末期総合診療料は、診察料や往診料、看護料、さらに院内処方の場合は点滴や内服などの薬代等もすべて含んで、一日いくらと決まっています。医療者が患者のいる家まで行くのにかかる交通費については、かかる・かからない、計算の仕方など、クリニックによって異なります。

夫の場合は、これに酸素濃縮器のレンタル料がかかりましたが、在宅末期総合診療料の場合はそれも合わせて、月額にして大体総額20万円前後でした（※1）。

そして最後の精算は、医療費は月ごとでまとめられるため、夫が亡くなった時はちょうど月をまたいでいたので、遺体の清拭や死亡診断書の発行手数料なども加わり、合わせて約30万円程度で完了しました（※2）。

40歳を過ぎていた夫は、介護保険も適用内でしたが、夫の性格や意向を考えて選択せず、結果的に最もお金がかからない方法となりました。

在宅医療と同じような治療を入院して受けた場合、一体どれくらいかかるのか。医療者の方に伺ったことがあります。

夫と同じような病状で入院して亡くなった場合、入院料だけで約120万円がかかるだろうとのこと。実際は、いわゆるホスピスに入院している場合が多いため、これに差額ベッド代として、病院が自由に設定する料金が加わるので、もっと高額になると考えられます（※3）。

在宅で死ぬということは、夫の言い方を借りれば、この通り〝懐にもやさしい〟医療を受けることでもあります。

しかし、在宅医療がすべて素晴らしいと言えるわけではないようです。

まず人と人とのおつきあいのできるホームドクターをつくり、先生との良い関係を結びながら、「もしもの時はよろしく頼みますよ！」というお願いができるようになっているといいと思います。

※1、2、3・高額療養費制度により、窓口での支払い金額は、年齢、所得で異なってきます。

その２

逃れられない死の恐怖

緩和ケアは飛躍的に進歩している

がんの治療が日々進歩し、同時に緩和ケアも非常に進んでいることを実感しました。

私自身もそうだったように、緩和ケアとは、もう死ぬことが決まった人が受ける医療だと勘違いしている人が多いのですが、それは違います。積極的に完治を目指した治療を受ける中でも、痛みや吐き気を抑える治療が並行して行われるのが、今や一般的になってきているようです。

夫の場合は、肺カルチノイドと確定した段階で、手術・放射線・抗がん剤というう、いわゆる標準治療にもう適さない状態でしたが、血管内治療を受けることになりました。

血管内治療とは、腫瘍に栄養を送って維持し大きくしている血管をふさぐことで、いわば兵糧《ひょうろう》攻めをし、腫瘍を小さくしようという治療法です。血管は、専用の塞栓剤《そくせんざい》で塞ぐのですが、この時、ごく微量の抗がん剤をそれに混ぜることもありました。

夫は非常に薬に敏感な体質で、医師も驚くほどに微量な薬であっても吐き気など体が反応してしまいます。

そこで、吐き気止めなどが処方されることになりました。

「ウソみたいに吐き気が止まったよ」

薬を服用するたびに、夫はよくこう言っていました。気持ち悪さがまったくゼロになるわけではありませんが、副作用による強烈な吐き気は抑えられていたようです。制吐剤は、一時、夫のお守り代わりとなっていました。

この他、治療中は便秘や頭痛、貧血などの副作用に悩まされましたが、その都度、先生と相談し、体に合う薬を検討しながら、こうした緩和ケアを行っていました。

しかし、別の苦しみに襲われることに

緩和ケアの存在は、闘病と仕事を両立させる夫には、大変な力となりました。しかし一方で、また別の苦しみが夫を襲っていたのではないかと思うのです。

金子の死後、マネージャーの宮下さんと、夫が私たちに何を伝えようとしているのかということについて語り合う機会がありました。

私は、夫自身とさまざまな話をしていたので、医療の問題や死に関することなどを私たちの経験を通して伝えていきたいと話しましたが、その時、宮下さんは「仕事との両立も伝えるべきだと思う」と、彼にしては珍しく強く主張したのです。

緩和ケアは、もちろん個人差はあるものの、体の苦痛をかなり減らしてくれます。しかし、体が楽になった分、患者は心の苦痛に直面する時間が長くなるのではないかと思います。

吐き気や痛みに耐えている間は、死の恐怖を感じる余裕がないのでしょう。それほどの激烈な苦痛であり、そして「このまま死んでしまうのではないか」あるいは「この苦痛から逃れられるのならば死にたい」とも思うのかもしれません。現に、夫も何度もそうしたことを口にしました。

緩和ケアがなければたぶん、体の苦痛に耐えるだけで、他には何もできない、考えられない状態になってしまうと思うほどです。

しかし、その苦痛が軽減されると、今度は、「自分は死ぬのだ」という心の苦痛に真正面から向き合わなければならなくなっていました。

そしてそれは、薬で何とかできるものではありません。

眠っても起きても、夢の中でさえ、追いかけてくる苦痛だったと思います。

病気が発覚した直後は、そして、なかなか肺炎が治らずにいた時にも、夫がその苦しみを何とかしようとしていたのがわかりました。自分の病気を隠し、夫が仕事をし続けてきたことの大きな理由のひとつがここにあります。

圧倒的な孤独の痛みとは

私は、当時のことを振り返って、それは「孤独」というものなのではないかと思うようになりました。

死を宣告された時、人は、「自分がこの世からいなくなっても、この世は何も変わらない」という冷たい現実を突きつけられるのかもしれません。

「そんなことはない！　少なくとも私は、あなたがいなくなったらつらい！」と、家族や友人は皆、そう言うはずです。

「そんなことはない！　現に彼がいなくなって、こんなふうに変わってしまった」と言う人もいるでしょう。

もちろん、私もそうでした。

しかし、本人はもう私たちとは同じ次元にはいないのです。

ある日、自分が死んでも、同じように時は流れ、家族や友人は歳を重ねていく。自分がいないというだけで、世界はこれまでと同じように進んでいく……。

自分という存在の儚《はかな》さを痛感し、しかもそれが自分ひとりだけがそうであるということに、圧倒的な孤独を感じるのではないでしょうか。

「自分だけ」という孤独の痛みを抱えているその人に対して、思いやり、いたわればいたわるほど、孤独の痛みは増していきます。健康な時と違う対応をされればされるほど、周囲と自分との違いを痛感することになるからです。

患者であるというレッテルを貼られ、隔離されているかのような思いもあったかもしれません。

無理に共感しようとする行為も、その人を傷つけることになるのではないでしょうか。病気ではない自分は、患者の痛みを真の意味で理解することなど、絶対にできないからです。「わかったふり」は、深く患者を傷つけ、患者との信頼関係さえも壊してしまうかもしれません。

そうであるからこそ、思いの深い家族には、限界というものがあるのだということも、思い知らされました。

金子は、この苦痛は誰とも分かち合えないものであると、わかっていたような気がします。

夫にとって、病気ではない自分、つまり社会から受け入れられている自分は、テレビや雑誌、ラジオの中にしかいなかったのではないかと思います。

それは、現実とは違う虚像です。でも、そうして「病気ではない自分」を確認することで、孤独の痛みを解消しようとしていたのではないかと思うのです。

危篤から回復した後、心光院の戸松師に「仕事が薬だと思っていた」と語る夫の姿を見て、私はそれを確信しました。夫は緩和ケアが届かない孤独の痛みを、仕事にうちこむことで何とかしようとしていたのだと。

死にゆく人が感じる苦痛は、自分がその立場にならなければ、真の意味では理解できないものだと思います。

その厳しい現実を受け入れることから、その人の周囲の人間は始めなければならないのかもしれません。

その３

自分の意思を固めるということ

「死」に対して、真っ向から対峙していた夫

夫の死後、病気を隠して何事もなかったように仕事を続けたこと、加えて、隅々まで万端に死後のことを準備していた夫に、多くの方が「強い人だ」とおっしゃってくださいました。特に男性は、金子のそうした〝死に方〟に、男らしさを感じてくださった方が多いようでした。

強い人……。もし夫がそうであるならば、それは死に対して、真っ向から対峙していたからではないかと思うのです。

自分が死ぬということに直面した時、人はどんな感情を抱くのでしょうか。「大切な人を失うかもしれない」という家族の立場でも、文字通り、ハンマーで頭をガンと殴られたような、今思い出しても震えが来るほどの衝撃でした。

夫はたびたび口にしました。

「僕、本当に死んじゃうのかなあ」

「ここまでがんばってきたのに、まだ目標までの道のりの途中なのに、本当に無念だよ」

その言葉に、私は「そんなことはないよ!」とも「そうだね」とも言えずに、ただただ「うん……」と相づちを打ちながら聞くことしかできませんでした。

が、一方で、夫はこうしたことも言っていました。

「でも、理由は解明されていないけれど、治った人もいるんだよね」

「奇跡が起こるかもしれない。いや、僕には起こるような気がするよ」


たくさんの方ががんサバイバーとして日常生活に復帰されています。日々、医学は進歩していて、新しい薬、治療法がニュースを賑わすこともたびたびです。

その他にも、医学的には説明がつかないけれども、「治った」とか「がんの進行が止まった」という方もそれなりの数いて、その体験談は、本やブログなどでたくさん発信されてもいました。

そのような体験談を読み、「自分にもその奇跡が起こるかもしれない」と、夫も私も思っていました。

でも一方で、やはり、それなりの数の方ががんで亡くなっています。非常に厳しい現実ではありましたが、そのことからも、私たちは目を逸らさずにいました。

なぜそうだったのでしょうか。病気が発覚した時にはすでに「治療法がない」と言われ、数年前には私の父が胃がんで亡くなっていたこともあったかもしれません。

見ないようにしていたくても、すぐ傍に死があり、嫌でも死が目に入ってきてしまっていた、という感じだったと思います。

そして夫は、「死ぬ」と「死なないかもしれない」、この両方を受け止める感覚の間を行き来しながら、少しずつ「死ぬ」ということを理解していったように思います。

意思を明確にしていたからこそ救われた周囲

その証拠に、夫はかなり早い段階から「死ぬなら家で死にたい」という希望をはっきり言っていました。

それより数年前、私の父が在宅医療を受けながら自宅で亡くなった影響も大きかったと思います。

父の死後、母や私が「家で看取れて良かった」「こうして考えると、がんにかかり、最期を家で迎えるのはいいわね」などとよく話し、父の死後、家族が、特に配偶者である私の母が想像以上に早くその死を受け入れ、日常生活に戻っていったのを見ていたこともあるのでしょう。

在宅で死ぬことが、それほど難しいことではなく、しかも、子どもたちが遠く離れたところに住んでいても、いわゆる老老介護であっても、可能であることを知り、「家で死にたい」という希望につながっていたのだと思います。

また、病気が確定した後にすぐ、「病気を公表せずに仕事を続ける」「死ぬまで仕事を続ける」という意思を固め、それを最後まで貫きました。

健康な時から、また、まだ世の中に名前や顔を知られる前から、「24時間365日生涯無休」を標榜していた人でしたから、これは彼の意思そのものだったと思います。

そして、このはっきりした「こう生きたい」「こうやって死んでいきたい」という意思の存在が、周囲を救ってくれていたのです。

医師がすべてをわかっているわけではない

とかく私たちは、医療者はすべてをわかっているはずだ、と思い込みがちです。しかし、私たちは体調が悪くなって初めて、病院の門をくぐるのです。

「金子さん、こんなにぽっちゃりしていたんですね……」

自宅に飾っていた夫の写真パネルを見てつぶやいた嵯峨崎さんの言葉に、驚いたことがありました。

ＴＶではむくみマンなどと呼ばれ、小太りをネタに芸人さんにいじられたこともある夫です。やせた姿しか知らないんだ、ということを理解するまでに、少し時間がかかりました。

「僕、むくみマンとか言われて笑いを取っていたこともあるんですよ。やせていることが普通と思ってもらえて、ちょっとうれしいなあ」

「えっ、そうだったんですか！　普段ＴＶをほとんど観ないもので、全然知らずにすみませんでした」

笑いながらこんなやりとりがあったことを思い出します。

そうです。それほどまでに、医療者は病人としてのその人のことしか知らないのだということが、振り返って今、わかるのです。

だからこそ、医療者には、自分のことをきちんと伝えなければならない、と思います。

何を大切にし、どう生きてきたのか。

どのように死んでいきたいのか。

それを伝えることこそが、家族や医療者も含めた周囲のたくさんの人を助けると思います。

夫は、非常に明確で、しかもシンプルな「こうしたい」という意思を伝えてくれました。

だから、医療者も家族も、その思いを理解し、実現しようとがんばりやすかった。

その思いを実現しようと努力できたことこそが、死後、残された私たちに温かい気持ちと立ち直る力を残してくれました。

自分の「こうしたい」という意思を固めることは、周囲の人を救う大きな力になると、私は思っています。

その4

死にゆく人にできることとは

意思を固めることは、難しい

「死ぬまでこう生きたい（暮らしたい）」あるいは「こう死にたい」という意思を表明することが、医療者も含めた患者の周囲にいる人たちを救うことになるのではないかと書きました。

とはいえ、そうした意思を固めることは、容易ではないと思います。その前提として「自分が死ぬ」ということを、受け入れなければならないからです。そうでなければ「こう死にたい」という希望を言葉にすることなどできないのではないでしょうか。

また、それより前に「こうやって生きていきたい」という意思がはっきりあったほうが、「こう死にたい」という希望を言葉にしやすいのかもしれません。

金子には80代まで明確な目標があり、何歳くらいの時にこういうことをして、その後、何歳くらいでこうしたい、などと、かなり具体的な希望がありました。

もちろん、それが100％実現するとは限りません。

でも、その具体的な希望をひとつひとつ実現しようと動いているうちに、少しずつ彼のしたいことが実現していく様子を見ることは、私自身もとても楽しくうれしいことでした。

それが、病気の宣告とともに、突然断たれてしまったわけです。

80代という遠い未来の目標はもちろんのこと、1年先、2年先の「したいこと」や計画が、ある日突然すべてゼロになってしまいました。

当初は、これまでも書いているように、絶望と混乱の中で、立っていられないほどの状態ではありましたが、夫はそのうちに自分の中にあるさまざまな「したいこと」を整理し、非常にシンプルな「死ぬまで仕事を続けたい」という意思を固めていったのです。

今、冷静に振り返ると、先に「したいこと」が明確にあったからこそ、その整理ができた、とも言えるのかもしれません。

夫はジャーナリストであり、企業相手の購買促進コンサルタントでもありました。

会社経営でも言われるような、「したいこと」「しなければならないこと」、そして「できること」を冷徹なまでに自己分析・判断し、今の自分に可能な「したいこと」を絞っていったのだと思います。

しかし、意思を固める以前に、「自分が死ぬ」ということを真の意味で理解することが、どんなに困難だったか……。

いくら夫の身近にいたからといって、それをわかったように説明することは私にはできません。

そこに至るまでには、精神的な紆余曲折があり、「死にたくない」という思いと「死んでもいい」という思いとの間を、夫は激しく揺れ動き続けました。

そして今、私は、その激しく揺れ動き続ける思いに寄り添うことが、「こうしたい」という意思を固める手助けにもなると思うようになったのです。

自分の気持ちはさておき、話をとことん聞く

例えば「死ぬまで仕事を続ける」という意思を固めたとします。そして、それが死ぬまでまったく揺らがない人も、それなりの数いるのかもしれません。夫も、その意思が揺らぐことはありませんでしたが、それでも、「死にたくない」という思いと「死んでもいい」という思いとの間で激しく揺れ動き続けました。

「仕事を続けたい」という思いが強ければ強いほど、「死にたくない」と思い、治療との両立がキツく、体がつらい時は、「もう死んでもいい」と思うこともあったようです。

「もう肝臓への治療はいいよ。こんなに痛いんだったら、僕は命が短くなっても構わない」

痛みに敏感な体質の夫がこう言った時も、私は何も言うことができませんでした。

こうした思いの揺れ動きに寄り添い続けることは、想像以上に厳しいものです。亡くなった父が自宅療養になった時、力なく寝てばかりいるように見える父に、当時の私は会うたびに叱咤激励してしまっていました。

そういう父の姿を見たくない、という自分の気持ちだけでそう言ってしまっていたのだと思います。

また、人によっては「話せないだけで、本当の気持ちはこうであるに違いない」と言いたくなってしまうこともあるでしょう。

「本当は違うんでしょ？」と、患者本人を追いつめてしまう場合もあるかもしれません。

でも、それでも、自分の気持ちは封印して、その人の話にずっと耳を傾けることが大切だと思うのです。その時、その瞬間に、その人がそういう気持ちでいることだけは、そう自分に語っていることだけは、紛れもない事実なのですから。

「死にたくない」と泣いていたら、ともかくその話を聞きました。

死を悟ったような話をし始めたら、その話に静かに耳を傾けました。

自分には到底わからない何かを感じている相手のことをなんとか理解したい。そういう姿勢が大切なのだと、父と夫、ふたりとの経験を通して私はわかりました。

「稚ちゃん、死ぬことと生きることって、本当に同じなんだなあ」

そう夫が話し始めた時、それは本当に死が間近にあった時でしたが、私も素直な気持ちで「どうしてそう思うの？」と質問することができるようになっていました。そして、心からの会話をし、その思いを共有することができたのです。

死について、最初は夫の話をともかく聞き続けるだけで精一杯でしたが、死ぬ1か月前くらいになると、夫に質問を重ねて、彼の思いを深く聞くことができるようになっていました。

私自身も、この頃の夫の思いを受け止められる心の準備ができたのかもしれません。

患者本人が「自分が死ぬ」ことを受け入れると同時に、その周囲の人間も同じように「大切な人が死ぬ」ことを受け入れられなければ、この死の話を聞くことは、きっとできないのでしょう。

そう言えるほどに、この頃の夫と私は、まるで天気の話をするのと同じように、死についていろいろ話をしていました。

そして今の私は、死の話をし、得られた死生観を共有できたことで、夫の死後、自分の生き方が大きく変わり、また、今の私を力強く支えてもらっている実感が確かにあると言えるのです。

〝病人ではないその人〟とつきあえるのは第三者だけ

とはいえ、意思を固めるには、本人だけ、家族だけでは困難が伴うと思います。

なぜなら、患者は、自分ひとりだけでは到底負いきれない苦痛に直面するばかりか、その周囲の家族も、大切な人が死ぬかもしれないという現実を受け止めるまでに、相当に厳しい精神状態をくぐり抜けなければならないからです。

経験から、はっきりとそう言えます。

「患者を支える」とよく言われます。「私だけが支えられるはず」とも、つい思いたくなります。そう思わなければ、自分自身が自分の苦しさにつぶされそうになってしまうからでしょう。

でも、患者には、家族だからこそ言えない本音や弱音があるのではないでしょうか。

自分が病気になったがために、まして死ぬことになったら、人生が激変するのは、この世からいなくなる自分よりも、むしろ家族です。

そう思って、自分の弱音や本音は封印して、カラ元気を出してまで、心配をかけまいとする患者も少なくないと思います。

病気が発覚して約半年後、2012年1月頃から、夫の精神状態は不安定になっていきました。

話をしたそうな時には、早朝であろうが深夜であろうが夫の話に耳を傾けていましたが、私に話したところで、彼の苦しみが軽くなっていないことは伝わってきていました。

あれほど饒舌だった人が、うまく自分のことを話せずにいるのです。

ひと言でいえば、仕事と闘病との両立に疲れてしまったのかもしれません。

また、前述したような孤独の痛みに苦しめられていたのかもしれません。

当時の私は、1年で最も忙しい時期の仕事をなんとかこなしながら、夫の苦しみに寄り添いきれない自分を責めながらも、平静を保つことで精一杯の日々でした。

4月になりました。

夫から「嵯峨崎さんからうれしいメールをもらったよ！　僕に伴走してくれるって！」と、久しぶりに明るい声を聞くことができました。

そこで私は初めて、自分の知らないところで、夫を強力に支えてくれていた人がいたことを知ったのです。

見せてもらったメールの文面からは、夫が非常に嵯峨崎さんに信頼を寄せていることが伝わってきました。

死についても、深いやりとりがあることも感じました。

私には言えなかった本音や弱音を、きっと彼女に吐露していたのだと思います。

そして、私たちには、他にも強力なサポーターがいました。

マネージャーの宮下さんは、「死ぬまで仕事を続ける」という夫の意思を実現しようと、関係各所に細かな配慮をしながら、仕事上で降り掛かるあらゆる困難を肩代わりしてくださっていました。

夫は芸能界やマスコミにいた人間です。

病気である、しかも命に関わるほどの大病であることが、その死が報道されるまで世の中に一切出なかったことは奇跡ですらあると、死後、テレビ関係の方から聞かされました。

また、宮下さんの先輩からは、このまま燃え尽きてしまうのではないかと感じるほど、宮下さんがずっと張りつめた精神状態だったことを教えていただきました。

しかし、そのような自分自身の大変さは一切見せずに、これまで通り夫に接してくれていたのです。

そして、金子が『僕の死に方』を執筆している時、それは亡くなる約1か月前からのことでしたが、関わる編集者たちも、事情をすべて知りながらプロとして夫に接してくれました。

体調が悪い時もありました。

打ち合わせは咳き込んで途中で何度も何度も中断しました。

そんな時も彼女たちは、必要以上に「大丈夫ですか？」と声をかけることもなく、静かに夫の状態が戻るのを待ち、何事もなかったように話を再開してくれました。

彼女たちは突然、夫の命がもうほとんどないことを聞かされました。

親しかった金子に「諦めないで、がんばって！」と言いたいこともあったと思います。

しかし、金子の前では感情的なところは一切見せず、それまでと変わりない編集者とジャーナリストの関係を維持してくれました。

そしてもうひとつ、宗教者の存在もありました。

お骨を納めさせていただいている心光院の戸松師の他に、若い頃から友人としておつきあいのある成覚寺《じょうかくじ》の石川秀道ご住職も、夫の終末期に来てくださっていました。

医療者とはまた別の意味で、死が身近にあるおふたりは、夫を〝死にゆく人〟〝病人〟として区別することはまったくありませんでした。説法を聞かせてくれていたわけではありません。昔話をし、趣味の話をし、そしてこれからの話も、普通に、友人として、してくださいました。

このことが、夫の孤独の痛みを癒していたことは言うまでもありません。

体のケアは医療者が行ってくれます。

つまりは、医療者は患者の最も身近にいる第三者ですが、病人としての患者と接することになります。

でも、金子の場合、マネージャーの宮下さんや編集者、宗教家の方々が、

〝病気ではない金子〟に接していただけたのだと思っています。

病人というレッテルを貼られることで、患者は自分が社会から除外されるような孤独を味わうのではないかと書きました。

でも、家族でも医療者でもない第三者しか、〝病気ではないその人〟と接することはできないのではないかと思うのです。

だからこそ、孤独の痛みを軽減させるのも、「こう死にたい」という意思を固めるのも、こうした第三者の存在がとても大切なのだと理解しました。

死を特別視しない。

病人や死にゆく人を、そのまま受け入れる。

非常に難しいことです。

でも、その人のことを真に大切に思っているのならば、お別れを言う前にできることがあることを、どうか知っていただけたら、と思っています。

あとがきにかえて

金子の一周忌法要がひと月後に迫ったある日、実家の母から連絡が入りました。

「初めて私たちに会いに来てくれた時、翌日すぐに哲ちゃんから届いた手紙が出てきたの」

父が亡くなってから4回目の夏を迎える母は、自分の老い先も考え、この夏は大々的な荷物の整理をしていました。そこで金子からの手紙が見つかったというのです。

「落ち着いた文章で、哲ちゃんの素直さが出ている手紙だと思う。私が持っているより、稚子が持っているべきだと思って」

母は、私にその手紙を渡してくれました。

（前　略）

自分の30年間を振り返りますと、「いい出来事」と「悪い出来事」の比率は2対8くらいでした。

小生と暮らすと、「いいことずくめか」と問われますと、努力はしますが、やはり困難かと思います。

メジャーリーグのトッププレーヤー、マリナーズのイチロー外野手でさえ36％のヒット率です。64％は空振りもしくはアウトです。人生も野球に似ていると感じています。36の成功のために、64の失敗や苦い経験をする。

その苦い経験も、稚子さんといっしょならば、乗り切ることができ、楽しむことができるんじゃないかな〜。二人の関係が深まるにつれ、そんな予感がして参りました。

楽しい時は誰といっしょでも、楽しいです。

苦しい時こそ「稚子さんと一緒になって良かった」と実感できるのではないかと、今から楽しみにしています（不謹慎なことを申してすみません）。
稚子さんとは血縁関係ではありません。しかし、自分にとって唯一の存在です。
両親や兄弟同様、代わりはいません。お互いに、血のつながりがなくても、唯一と思える人。それが妻であり、夫になる人なのではないか？最近、感じています。

（後　略）

苦しい時こそ、私と一緒になって良かったと実感できるのではないかと楽しみにしている……。妻にと思っている人間の両親に宛てた手紙としては、型破りかもしれませんが、金子らしい、まっすぐな思いが綴られていると感じました。

そして、自分が、金子から圧倒的な信頼を得ていたのだということにも、改めて感謝しました。

本書は、金子が「金子哲雄」になっていった過程にも触れています。金子は最初から「金子哲雄」だったわけではなく、もちろん、死を目前にして自分の死後の準備を万端に整えられる強さを持っていたわけでもありません。

自分の人生に真正面から向かい合い、真剣に生きていったその過程で、多くのことを学び、それを確実に自分の力に変えていったのではないかと思うのです。

私は横にいて一緒に喜んだり悲しんだりしながら、そして、時にどこか冷静に観察しながら併走していましたが、金子が素直に私の言葉に耳を傾けていたのはなぜだったのか、今回のこの手紙でその理由の一つを知った思いでいます。

本書を書くことも、『僕の死に方　エンディングダイアリー500日』と同様、私にとっては、精神的にかなり高いハードルでした。金子とのこと、つまり自分の夫とのことは非常に個人的なことであり、芸能人でもない私には、それを公表することにたいへんな葛藤があったからです。

しかし一方で、夫からの「宿題」を果たすには、どうしても超えなければならないハードルであることも、どこかでわかっていたような気がします。「『金子哲雄の妻』という立場を生かせ」と、金子は言い残しましたが、それ以上に、金子の妻として果たす役目の一つであることも、ようやく受け止めることができました。

「苦しい時こそ一緒になって良かったと実感できるはず」と、その時が来るのが楽しみだと、両親に書き送った金子のいちばん初めの思いに触れ、私は今、夫からの変わらない信頼と思いを改めて深く感じています。同じように私も、夫を信じて、この道を進んでいこうと思います。

本書は、『僕の死に方』でもお世話になりました、『女性セブン』の新田由紀子さんに編集をご担当いただきました。また、執筆・編集にあたっては、角山祥道さん、砂田明子さん、小野里佳子さん、根橋悟さんにもお力添えいただきました。さらに、野崎クリニックの看護師であり、医療コーディネーターでもある嵯峨崎泰子さん、金子のマネージャーであるオフィス・トゥー・ワンの宮下浩行さんには、今もなお、生前と変わらない温かなサポートを頂戴しています。このたびも、誠にありがとうございました。

そして、夫に変わらぬ思いを寄せてくださる多くの皆さま方、加えてもちろん、亡き夫の金子哲雄にも。心からの感謝を申し上げます。いつもありがとうございます。

金子稚子

金子稚子（かねこ・わかこ）

ライフ・ターミナル・ネットワーク代表。２０１２年10月に亡くなった流通ジャーナリスト金子哲雄の妻。雑誌・書籍の編集者や広告制作ディレクターとしての経験を生かし、誰もがいつかは必ず迎える「その時」のために、情報提供と心のサポートを行うべく活動中。当事者の話でありながら、単なる体験談にとどまらない終末期から臨終、さらに死後のことまでをも分析的に捉えた冷静な語り口は、医療関係者、宗教関係者からも高い評価を得て、各学会や研修会でも講師として登壇している。著書に『死後のプロデュース』（ＰＨＰ新書）。一般社団法人日本医療コーディネーター協会顧問。医療法人社団ユメイン野崎クリニック顧問。

――本書のプロフィール――

本書は、小学館文庫のために書き下ろされた作品です。

小学館文庫

金子《かねこ》哲雄《てつお》の妻《つま》の生《い》き方《かた》
夫《おっと》を看取《みと》った500日《にち》

著者　金子稚子《かねこわかこ》

二〇一四年二月十一日　初版第一刷発行

発行人　森　万紀子
発行所　株式会社　小学館
〒一〇一-八〇〇一
東京都千代田区一ツ橋二-三-一
電話　編集〇三-三二三〇-五五八五
　　　販売〇三-五二八一-三五五五
印刷所――――大日本印刷株式会社

ISBN978-4-09-406017-1

たくさんの人の心に届く「楽しい」小説を!

第16回 小学館文庫小説賞 募集

【応募規定】

〈募集対象〉 ストーリー性豊かなエンターテインメント作品。プロ・アマは問いません。ジャンルは不問、自作未発表の小説(日本語で書かれたもの)に限ります。

〈原稿枚数〉 A4サイズの用紙に40字×40行(縦組み)で印字し、75枚から150枚まで。

〈原稿規格〉 必ず原稿には表紙を付け、題名、住所、氏名(筆名)、年齢、性別、職業、略歴、電話番号、メールアドレス(有れば)を明記して、右肩を紐あるいはクリップで綴じ、ページをナンバリングしてください。また表紙の次ページに800字程度の「梗概」を付けてください。なお手書き原稿の作品に関しては選考対象外となります。

〈締め切り〉 2014年9月30日(当日消印有効)

〈原稿宛先〉 〒101-8001　東京都千代田区一ツ橋2-3-1　小学館　出版局「小学館文庫小説賞」係

〈選考方法〉 小学館「文芸」編集部および編集長が選考にあたります。

〈発　　表〉 2015年5月に小学館のホームページで発表します。
http://www.shogakukan.co.jp/
賞金は100万円(税込み)です。

〈出版権他〉 受賞作の出版権は小学館に帰属し、出版に際しては既定の印税が支払われます。また雑誌掲載権、Web上の掲載権及び二次的利用権(映像化、コミック化、ゲーム化など)も小学館に帰属します。

〈注意事項〉 二重投稿は失格。応募原稿の返却はいたしません。選考に関する問い合わせには応じられません。

第13回受賞作
「薔薇とビスケット」
桐衣朝子

第12回受賞作
「マンゴスチンの恋人」
遠野りりこ

第10回受賞作
「神様のカルテ」
夏川草介

第1回受賞作
「感染」
仙川 環

*応募原稿にご記入いただいた個人情報は、「小学館文庫小説賞」の選考及び結果のご連絡の目的のみで使用し、あらかじめ本人の同意なく第三者に開示することはありません。